TAKE
SHOBO

年下御曹司は白衣の花嫁と秘密の息子を今度こそ逃さない

ささゆき細雪

ILLUSTRATION
千影透子

MITSU
YUME

CONTENTS

MITSU YUME

イラスト／千影透子

年下御曹司は
白衣の花嫁と
秘密の息子を
今度こそ逃さない

Prologue

雨降って地固まる、という言葉があるが、結婚式で土砂降りの雨に見舞われるのはいかがなものか、と海堂朔《かいどうさく》は苦笑する。

本日の主役は控室で真っ白なタキシードを着せられ、困惑の表情を浮かべていた。

「それにしても……遅いな」

花嫁は準備がかかるものですから、と式場スタッフも口を揃《そろ》えて説明してくれたが、それにしたって二時間近くひとり控室で待たされるのはどうかと思う。鏡の向こうに映る姿はすでに疲れ切った表情をしていて、とてもじゃないが愛しい花嫁を手に入れる花婿のそれではない。

それもそのはず。

この結婚に朔の意志は関係ないのだ。婚約者が毒づいていたヒトコトが耳底に残っている。

『——しょせんあなたなんて、金づるでしかないのよ』

国内シェアトップを誇る鋼材企業、K＆Dの次期社長と目されている朔は今年、三十歳になる。社長である父の明夫《あきお》はまだ現役だが、すこしずつ業務を息子である朔とふたつ年下の弟の暁《あかつき》に引き継がせている。今回の結婚も会社の成長戦略の一環として政略的に仕組まれたものだ。

一度しか顔を合わせたことのない令嬢と結婚式を挙げる……会社のためとはいえ、やりすぎではないかとの声も上がっているが、それでも仕方がないと朔は諦めていた。朔が地元の大地主の娘と結婚して会社の地盤を強固なものにすれば、文句を言う者もなくなり不毛な派閥争いは終わりを告げる。好きでもない女性と結婚して子を産ませることに罪悪感はあるが……。

だが、打算で娶《めと》られる婚約者からすれば、朔の投げやりな態度は目に余るものでしかなかったのだろう。

ましてや大学を卒業したばかりのうら若きご令嬢からすれば、愛のない結婚など絶望しかない。

朔を避けるように結婚式の準備をすすめてきた彼女の気持ちも、わからないでもない。

『――お互い様だな。俺は君を愛せない』

愛せない、というよりも愛さない、というほうが適切なのかもしれない。

白いタキシードを着た道化は哀しそうに鏡の向こうに佇《たたず》んでいる。

これからはじまるのは結婚式ではない、自分にとっての初恋を弔うための葬式だ。だって自分はいまも、こんなときでも未練がましく――

「朔兄、いるか？　朔にい⁉」

「……暁？」

扉を激しく叩《たた》く音が、思考に耽《ふけ》っていた朔を我に返らせる。

意識を浮上させ、弟の声に応えれば、勢いよく扉がひらく。

そして。

「結婚式は中止だ！　花嫁が逃げた！」

朔が願っていたことが、現実になる。

Chapter1　桜の木の下の再会

あの日から半年が経つ。朔は花嫁に逃げられた男というレッテルを貼られ、家族だけでなく社内からも腫れ物に触るように扱われていた。ずけずけと言ってくるのは目の前にいる彼女くらいだ。

「それにしたって花嫁に逃げられた可哀想な男ってのは……ずいぶんな言われようね」

「叔母上」

無表情で冷淡に言葉を紡ぐ甥《おい》を前に、海堂光子《みつこ》は人懐っこい笑みを浮かべてさらに言う。

「でも、入籍をする前だったのはあなたにとってみれば僥倖《ぎょうこう》だったとも言えるわ」

これが会社あげての披露宴でのことだったら、スキャンダルの火消しはもっと長引いてしまっただろう。

それに、明らかに非があるのは逃げ出した花嫁側だ。花婿の朔は被害者ゆえ、向こうの家から慰謝料をもらうことができた。

金づるだと自分に言い放った彼女の両親が真っ青な顔で婚約破棄を申し立てたのだから皮肉なものだ。

「それでも……父は俺に失望するでしょう」

「お兄様のことだから、時間が経てば何事もなかったかのようにふるまうでしょうよ。あなたが心に決めた女性がいる、って伝えたときだって、応援してくれたんだし」

「……あれは」

「彼がここにきて婚約の話を前面に出したのは、あなたが彼女に振られて五年近く経つのに独り身でいたからよ。あと、そもそもの婚約者が社会人になるタイミングが一致したから。だって朔くんに不満を抱く連中を黙らせるためには家同士を結びつけるのが手っ取り早……」

「——叔母上」

「その話を断らなかったのはあなたでしょう？　それなのに、蓋を開けてみればお互いいやいや婚約していたんですもの。笑っちゃうわ」

たじたじになる朔をニヤニヤしながら見つめる叔母の背後から「それくらいにしてやってくださいよ」とくすくす笑う声が届く。

「あら、暁くん。珍しいわね」

「ご無沙汰してます、叔母上。あんまり朔兄をいじめないでくださいね」

「いじめてなんていませんよ。不本意な婚約を破棄されたのは悪いことじゃないわ。わたくしは朔くんがしあわせな結婚をしたうえでK＆Dを継いでくれると信じているから、こうして発破をかけに来たんじゃない」

「それは頼もしい。もっと言ってやってください」

「暁！」

助け舟を出しに来たんじゃないのか、と声を荒らげる朔に、暁は楽しそうに笑いかける。

だが、朔をさんざんからかっていた光子はあっさり標的を弟に変え、唇を尖《とが》らせる。

「そういう暁くんこそ、叔母さんに紹介したい女性はいないの？」

「は……まだ二十代の俺にまでそういう話を振りますか。朔兄の婚約破棄騒動を見てたらそんな気分になりませんって」

ふたつ年下の弟は、黒髪黒目の朔よりも柔らかな栗色の髪に人懐っこい榛《はしばみ》色の瞳をしている。女ウケする容貌をしている彼は兄と異なり学生時代からさまざまな女性と関係を持っていたが、親戚の前ではちゃっかり猫を被っていた。

「そうね、暁くんはお兄ちゃんっ子だものね」

ふふ、と柔らかく笑う光子を前に、朔は苦虫を嚙《か》み潰したような表情になる。

長男の朔と異なり、次男の暁は親族からも甘やかされて育っている。K&Dの後継者争いから圏外とされている彼は、朔を一方的に敵視している明夫の弟、陽二郎《ようじろう》からも気に入られており、自由に動き回っていた。本人は兄の味方だと言っているが、実際のところはどうなのだろう。

朔の訝《いぶか》しげな視線に気づいたのか、暁が慌てて口をひらく。

「朔兄より先に結婚って勘弁してよ……親父はこの際俺でもいいとか言いそうだけどな」

愛のない結婚なんかしたくないと毒づく暁に、光子がそれがふつうよね、と賛同している。

朔のときは結婚を推し進めた父を諌《いさ》めもしなかったくせに。

――父親の期待に応えられない俺より、誰からも愛される弟の方が会社の将来を任せられるのではなかろうか。

大学を卒業して以来、恋人を作らずにいた朔を見て、父は婚約者として人形のような女性をあてがった。一度、グループ会社のパーティーで顔を合わせたことがあった彼女は八つ年下で、そのときはまだ高校生だった。

それなのに、彼女が大学を出たらすぐにでも朔と結婚させたいという時代錯誤な約束が一方的に結ばれていた。

当事者たちは置いてけぼり。

彼女にも心があるというのに、朔との間に優秀な子を遺せれば将来は安泰だと当然のように口にしていた老害どもに吐き気を覚えた。

それでも朔は拒めずにいた。どうせ自分はもう恋などしないのだから。父のように仕事人間になるしか道はないのだから、と。

「だけど彼女はもう、俺たちとかかわることはないでしょう」

暁の言葉に、朔が我に返る。逃げ道のなかった朔と異なり、彼女には傍で幼い頃から支えていたという執事がいた。ふたりの間には信頼関係以上の絆《きずな》があったのだろう。

挙式当日に、彼女はその執事と逃げ出した。いわゆる駆け落ちである。

雲隠れした花嫁はどうやら海外に飛んだらしいが、いまも行方がわかっていない。こちら側に知らされていないだけかもしれないが、もはやどうでもいいと脳裡《のうり》から白いタキシードを着た道化姿の自分をかき消して、朔はうなずく。

「叔母上。この件に陽二郎叔父がかかわっているとお思いですか？」

「さあ。ただ、あの家と接点があったのは事実だから……執事にこっそり金を渡して高飛びの手助けくらいならしかねないわね」

「ですよねー」

妙に脳天気な暁の声に、朔もはぁとため息をつく。

海堂陽二郎、明夫と光子の年の離れた弟は、自分がこの会社を引き継ぐと豪語し、朔を後継者の椅子から引きずりおろそうと画策している。いい年したおっさんが癇癪《かんしゃく》をおこしているようにしか見えないのだが、現場での支持が厚い彼を次の社長に、という声も実際に上がっており、父も頭を抱えているのだという。

そのためにもいいところの娘と結婚させて地盤を固めたい父の気持ちもわからなくはないが。

「叔父上も、何を考えているんだか」

心のどこかで助かった、と安堵する自分がいるのも事実だった。

＊＊＊

株式会社K&Dは朔と暁の祖父である海堂一《はじめ》が創業した鉄鋼資材を扱う会社である。もともとは北関東の太平洋沿岸部で営まれていたちいさな工場だったが、戦後の高度経済成長期に売上を伸ばし全国へ進出、海堂グループとして子会社化、業界での国内シェアをトップへと導いた。

メインは工務店向けの建設鉄骨製作だが、工業用資材のリサイクルを中心とした新たな試みにより、近年脅威となっている海外企業との差別化を図っており、限りある資源とエネルギーをリサイクルする技術の追求にも力を入れている。

企業が成長したことによって、海堂一族もまた繁栄し、二代目を引き継いだ一の長男である明夫をはじめ、長女の光子、ふたりの兄姉と一回り以上年齢の離れた陽二郎の三人の子どもたちも自然とその歯車に組み込まれていった。

そして、明夫の息子の朔もまた、彼らと同じ運命を辿《たど》るべく、齢《よわい》十八で、国内きっての研究学園都市にある沓庭《くつば》大学の理工学部へ入学したのである。

かつては陸の孤島とも呼ばれていた関東平野の一角に、大学はある。

学生の半数以上が学生寮、もしくは近隣の学生アパートを借り、一人暮らしをしている。

季節は春。朔もまた、はじめての一人暮らしに心を躍らせていた。

まさかここで、運命を揺るがす皮肉な出逢《であ》いをすることになるとは、思いもよらず。

「新入生歓迎コンパ？」

「海堂も学業とバイトだけじゃ出逢いの場もないだろ？　ましてや理工は男ばっかり……どっかサークルにでも入らないと彼女なんか作れないって」

男子寮で隣室になった奥村《おくむら》がお先に！　と階段を駆け下りていく。

「……彼女、か」

女性への免疫がほとんどない朔は、奥村のように可愛い彼女が欲しいと口に出すこともできずにいた。

たしかに自分を支えてくれる女性がいたらいいとは思うが、どうやって作るものなのか朔は知らない。弟の暁に言わせてみれば、考えるだけ無駄らしい。先日も、「朔兄が本気になれば簡単にヤれるよ」という失礼なことを口にしていたが……なぜ高校生の弟からそんな風に言われなくてはならないのだ。

サークルとやらに入れば、異性との出逢いも期待できるのだろうか。

思わず不埒《ふらち》なことを想像して、朔は苦笑する――ヤる以前に、相手がいないさ。

――運動系よりは、美術系のサークルがいいかな。

幼い頃から鉄鋼加工の工程を見学することが多かった朔にとって、ものづくりは馴染《なじ》み深いものだ。中学の絵画コンクールで入選したこともある。

絵や工芸に興味があることの根底には、小学生のときに亡くなった母が幼い朔と暁を美術館や博物館へ連れていった記憶があるからかもしれない。仕事熱心な父に代わり、母は朔と暁をいろいろな場所へ連れていき、遊ばせてくれていたのだ。

雑木林に囲まれた学生寮を出れば、まるいおおきな月が漆黒の空を照らしていた。

ソメイヨシノの花はすでに散り、遅咲きの八重桜の蕾《つぼみ》があちこちでいまにもこぼれそうなほどに膨らんでいる。

夜桜の美しさに思わず足を止めたそのとき、足元から不可解な声が届く。

「あんた、新入生？」

「は、い？」

「ちょーど良かった！　ちょっとつきあって！」

「は⁉」

むくりと起き上がったのは、白衣を着た女性。

頭突きを食らいそうになった朔は慌てて身体を反らし、事なきを得たが、彼女はその反応を不服そうに見つめている。

「ちょ、ちょっと何をするんですか！」

「きいてよぉ！　このよしのさまが頑張って現役ごーかくした彼氏に会いに行ったのに、当の本人は別の女性とヨロシクやってたのぉ。せっかくふたりでお花見楽しもうとお酒をたんまり用意してやったのにさぁ……」

「……酔っぱらってますね？」

「はぁあ？　どこがどう酔っぱらっているですってぇ？　なんだかふわふわするなぁーとは思うけどぉ」

朔を見つめる黒真珠のような瞳はほのかに潤んでおり、月明かりの下でも煌《きら》めいている。場違いな格好で男子寮の近くの雑木林にしゃがみ込んでいた彼女は、ここでひとり失恋の痛みをごまかすかのようにひとり花見に興じていたのだろう。朔はいたたまれない気持ちになって、彼女の隣に腰をおろす。

「駄目だよ、これ以上飲んじゃ……現役合格したってことは、俺と同じ新入生ってことでいいんだよね？　十八でしょ？　お酒はまだ……」

「あははは。何言ってるの。現役合格したのは彼氏の方だよぉ、振られちゃったけどさぁ！」

泣き笑いの表情で訴える女性を前に、朔は硬直する。

「……え」

「まぁいいわ。あんたイイ男じゃない！　サークルコンパなんてどこも似たようなモノだし、無理して参加するよりあたしとイイことしよーよー」

白衣を着た酒臭い先輩に腕をとられ、朔は困惑する。自分が暮らしはじめた寮にこの女性の彼氏というのも住んでいるようだし、ここに放置したら大変なことになりそうな気がする。だが、自分の部屋に招き入れるとなると、その例の彼氏と鉢合わせする可能性が高い。

そんな朔の戸惑いに気づいているのか、彼女がくすくす笑いながら誘いかける。

「新入生クン、あたしの部屋に来て。一緒に部屋の窓からお花見しよ?」

＊　＊　＊

大学に入ってすぐに見知らぬ女性の住居に連れ込まれるとは思いもしなかった朔だが、放っておけないという義務感からしぶしぶアパートのなかに足を踏み入れてしまった。

男子寮から徒歩圏内にある学生用アパートの二階に、彼女の部屋はあった。何度か外階段を踏み外しそうになりながら、朔を杖《つえ》の代わりにして、彼女は愉快そうにのぼっていく。

階段をのぼった先で空を見上げれば、大学敷地内の至るところに植えられていた満開の八重桜のうちのひとつが、おおきなまるい月に照らされている。

扉の鍵を覚束ない手つきでどうにか開いて、朔を招き入れる。玄関に丁寧にふたりぶんの靴を揃《そろ》える朔を物珍しそうに見つめていた彼女は、酔いが覚めてきたのか「名前きいてなかったたね!」と問いかけてきた。

「……海堂、朔」

「へええ、サクくんっていうんだぁ。珍しい名前」

「そうですかね」

「サクってことは、月のない夜のことかな……今日みたいな夜は苦手？」

「いや、そんなことは……」

軽やかな笑い声をあげながら、彼女は朔の腕をぎゅっと抱き寄せて、漆黒の瞳で覗《のぞ》きこむ。

初対面だというのに、軽々と朔にふれてくる彼女は、白衣越しに胸の膨らみを無防備に押しつけて、朔を翻弄していた。

――なんなんだ、この桜の精霊みたいな女性は？

自分の名前を耳で聞いただけで朔月《さくげつ》の「朔」だと理解する人間はなかなかいない。だというのに彼女は新月の日に生まれたのかな、とわかったような顔をしている。酔っぱらっているくせに。

「ふんふんふーん……月に桜にお酒があればぁ……」

朔の反応を気にすることなく、彼女はへたくそな鼻歌をうたいながら晩酌の用意をはじめていく。まだ飲むつもりなのか？　焦りの表情を見せる朔に、「飲まなきゃやってられないでしょー」と橙《だいだい》色のマグカップに日本酒をなみなみと注いでいく。どうやら朔に飲ませるつもりらしい。まったくひとのはなしを聞いてない……！

「サクくんも飲んでね！　あたしの部屋だからいっくら飲んで酔いつぶれても問題ないよー」

「いえ、大問題ですから！　あと俺まだお酒飲めません！」

「そっかー残念だなぁ、じゃあー、ぜぇんぶ飲んであげるっ！　――ふっ……」

「ちょ、そういうことじゃっ……！　あー！」

きゃはは、と楽しそうにマグカップに入った日本酒に口をつけて、彼女はコテン、と朔のうえに倒れ込んでしまった。

慌てて彼女を抱きかかえれば、すぅすぅと気の抜けた寝息が聞こえてくる。

「……な、なんなんだよまったく」

酒臭い彼女を抱きかかえたまま、朔は途方に暮れる。

こんな意味不明な女、布団に寝かせてとっとと寮に戻ればいいのだろう。

けれども桜の木の下で彼女は泣いているように見えた。年下の彼氏に裏切られ、失恋した痛みをごまかすようにひとり花見酒に興じて、朔を自室に引っ張りこんだ彼女……目が覚めたときに自分がいなかったら、何を思うだろう。

「それに――こう見えても、先輩なんだよな」

白衣を着ているということは、理系女子なのだろうか。すっかりシワがよってくしゃくしゃになっている。

朔が所属する理工学部の学生ではなさそうだが……授業が終わってからも白衣を着ている彼女は何者なのだろう。

部屋のなかを見回しても、こたつテーブルにノートパソコンがちょこんと載っているだけで、学術書の類いは見当たらない。女性の一人暮らしの部屋というには物の少ない、どこか寂しげな雰囲気が朔を落ち着かない気持ちにさせる。

「睫毛《まつげ》……長い」

朔の膝の上で気持ち良さそうに眠ってしまった彼女の寝顔に、思わず見入ってしまう。

外にいるときは暗くてわからなかったが、蛍光灯の下で見た彼女の顔は、整っていた。

お酒が抜けていないからか、肌もほんのり赤らんでいて、大人の色気を漂わせている。

朔は高鳴る心臓を宥《なだ》めて、彼女が就寝時に使っているであろうベッドへ視線を向ける。

意を決して抱きあげれば、想像以上に軽い身体に驚く。

「あれ、あたし――?」

「先輩。寝るなら、布団で寝てください」

「……やさしいね、サクくん」

「そのままにしておいたら気分が良くないだけです」

朔に抱きあげられたことで意識を取り戻した彼女がふぅ、と酒臭い息を吐く。

「よしの」

「はい？」

「あたしの、名前……香宮淑乃《こうみやよしの》。香るに宮と書くの」

――先輩だなんて、堅苦しい呼び名、使わないで。

そう言いながら、甘えてくる淑乃を前に、朔は凍りつく。

朔の驚きをものともせず、淑乃は己の両腕を彼の首にまわして、顔を近づける。

「……俺を騙《だま》したんですか」

青褪《あおざ》めた表情の朔を見て、淑乃はくすりと笑う。

どこか壊れた笑い方をして、朔に告げる。

「騙すだなんて人聞きの悪い。試しただけじゃないのー」

「コウミヤって……あの香宮？」

「そ。やっぱりあんたが月のない夜に生まれた海堂の跡取り息子だったんだ！　傑作だわ！」

朔、と名乗った自分をあっさり「新月に生まれたから朔」だと見抜いたのは、そもそも存在を知っていたから。

香宮淑乃は年下の彼氏に振られて桜の木の下でひとり酒に浸っていたわけではない。はじめから朔がひとりで寮から出てくるところを狙っていたのだ。酔っぱらっているのは事実だろうが、ぎりぎり泥酔しないラインを死守していたことを考えると、演技も混ざっているのかもしれない。侮れない。

どこからどこまで仕組まれていたのだろう。ギリギリと歯を食いしばる朔に、淑乃が微笑む。

「復讐しようなんて考えてないわ。ただ、興味があったの。あんたが……海堂の御曹司が、どんなオトコなのか、って」

＊＊＊

町工場からあれよあれよと国内有数の企業へと出世した海堂一族をやっかんだり恨んだりする人間は少なくない。

創業者を悪く言いたくはないが、祖父、一が強引に会社を大きくしたことで、犠牲になった小売店や工務店が国内に山積しているのも事実で、創業から半世紀近く経過しているというのに、いまも忘れたころに問題を起こす要因となったりしているのだ。

K&Dの二代目を引き継いだ朔の父、明夫だが、すべてのトラブルに対処できたわけでもない。朔の叔父である陽二郎が現場を駆け回っているのも、初代が残した負の遺産の処理に追われているからといえる。

なかでも厄介だったのが、当時分社化を目論んでいた父明夫が妹の光子へ工務店の倅《せがれ》を婿養子として迎えさせたものの、三年も経たないうちに死んでしまった後に、男が実はよその女とも関係を持っていて、子どもまで残していたというとんでもない事実が発覚したことだ。

……つまり、目の前にいる彼女は、叔母の夫を父としているのか？

苛立ちを隠すことなく朔はソファのうえへ横たわった淑乃に覆い被さり、彼女の両手首をきつく掴《つか》み、低い声で言葉を紡ぐ。

「復讐《ふくしゅう》がてら俺にハニートラップでも仕掛けようってのか」

「やだなあサクくん。怖い顔しないでよ。あたしは純粋な興味で近づいただけだって言ったじゃない」

「純粋？　俺を部屋に連れ込んでおいてよくもまぁそんなこと言えるな」

光子とその男のあいだに子はなかった。男の死と同時に明らかになった重婚……正確にはその男が死んだ兄の名で婚姻関係を結んでいたため重婚とは呼べないのだが……と赤子の存在——よりによって母親は資産家香宮家の令嬢で、なりすました男はそちらの入婿《しんかん》という立場にも甘んじていたのだ。死後に明らかになった男の裏切りは、海堂一族を震撼させた。

当然のことながら光子の父、一は激昂し、娘の夫の一族だけでなく、香宮の女とその親族も訴え、多額の金を慰謝料として手に入れた。それだけでは飽き足らず、男の一族の工務店を完全吸収、香宮が持っていた土地の権利をも剝奪した。

辛うじて誇り高き香宮の姓《かばね》だけは残ったものの、先祖代々の土地を手放した彼らは凋落《ちょうらく》し、当主が自殺してしまう。その惨い報せは間接的に海堂一族が殺したものという黒い噂《うわさ》になって、朔のもとまで届いていた。

香宮の名前は、海堂一族の汚点であると同時に、生き残った香宮一族の人間にとって復讐の縁《よすが》となっていたのである。

「サクくんが生まれる前の話よ？　物心ついたときからあたしは母と祖母と生活していたから別になんとも思わない。ただ、自分の父親の実家が海堂一族に乗っ取られて、曾祖父が海堂のせいで自殺したって恨み節は子守唄のように聞かされてたから……父親のことは惚《ほ》れた弱みだからか娘の前でも庇《かば》いっぱなしで、結局悪いのは海堂一族だと死ぬまで喚いてた」

「……死んだ、のか？」

別の女の元で死んだ父親と香宮一族を破滅させたすべての元凶は海堂一族にあると言いつづけて、淑乃の母親も死んだのだという。

「あたしが大学入った年の夏に、交通事故であっさりね」

つまらなそうに言い放ち、淑乃は苦笑する。

「どうしようもない母親だった。父親はもっともっとどうしようもなかった……だからね、サクくん」

――どうしようもない両親から生まれたあたしのこと、慰めてくれない？

くらくらする酒の匂いと、非現実的な女性の誘い。

口づけられて、舌を絡めとられて、朔は抗うことをやめた。

息継ぎをするのを忘れるくらい長い時間、唇をふれあわせている。

それなのに、どこか恥ずかしそうに瞳を閉じて頬を赤らめる淑乃の姿を、朔は思わず見てしまい――その瞬間、彼女の身体を押し倒していた。

「……いいよ。サクくんのしたいように、して」

気が遠くなるほどの、唇がぷっくりと腫れあがりそうな口づけをしながら、彼女の着衣を乱していく。羽織っていただけの白衣はストンと床に落ち、薄手のニットと下着を一息にたくしあげ、無防備な膨らみを両手で包む……朔は彼女によって、自分が男であることを思い知らされてしまった。

「……やっぱり罠《わな》じゃないか」

そのままなだれ込むはじめての行為に、気づけば朔は溺れていた。

＊＊＊

これが、十二年前の春の出来事。

香宮淑乃と名乗った年上の女性は、その後も朔にまとわりつき続けた。

連日ついて回っているかと思えば大学内で顔を合わせない日もあり、逆に朔を心配させた。

慰めてほしいとすり寄って甘えてくれれば、彼女が与えてくれる快楽を拒むことはできず、彼もまた、淑乃を悦ばせるため献身した。

というのも朔が海堂一族の人間であることを知っていながら、彼女は恐れることも恨み言を伝えることもせず朔を求めてくるのだ。

慰めたり慰められたりしているうちにいつしか恋人同士のように落ち着き、気づけば一年、二年、三年……このまま彼女と結婚したいと朔が考えはじめ、彼女が大学院を卒業して就職するというはなしをした際に結婚のことをほのめかした。

その直後に、彼女は姿を消してしまった。さよならの言葉ひとつなく、桜の季節にあのアパートから突然いなくなったのだ。

まるで死を悟った老猫のようだなと、場違いなことを思ったものだが、ただ単に自分が振られたのだと気づいたころには、朔もまた、大学を卒業していた。

それ以来、朔は恋することに臆病になっている。


——気まぐれな、野良猫のような女性《ひと》だった。俺が飼い慣らせるわけ、なかったんだ。

＊＊＊

そしていま、彼女が姿を消してから八度目となる桜の季節を迎えていた。

親の会社に就職してから卒業した学校に寄ることもなかった朔は、八年ぶりでも変わらない風景を前にため息をつく。

「劇団ハイスピーディームーン？　お前が所属していた」

「そ。今回チケットが余ったとかでこっちに二枚渡してくれたんだよね」

弟の暁がかつて所属していた演劇サークルの後輩が新入生歓迎公演のチケットを送ってきたとのことで、一緒に見に行く相手もいないからと朔が気晴らしのために連れてこられた形になった。女友達ならたくさんいるだろうし、誘えばついてくるだろうと言っても無駄だった。暁はこう見えて意地っ張りだ。どうしても兄と行きたかったのだと言い張り、朔を頷《うなず》かせたのである。

そんなわけで朔は久しぶりに大学敷地内に足を踏み入れている。小ホールは、女子寮の建物の手前、付属病院からほど近い、雑木林のひらけた場所にある。男子寮よりは小綺麗な建物だが、一年生のときにそこで暮らしていたという淑乃は監獄みたいだったよと笑いながら貶《けな》していたものだ。

「朔兄はけっきょくロクなサークル活動してないでしょ。よしの先輩がいたから」

「——そうだな」

朔から二年遅れて大学へ入学した暁もまた、香宮淑乃と顔を合わせていた。ただ、暁は淑乃を名前ではなく名字の「吉野」だと思っている。彼女は事情を知らない朔の弟を刺激したくないからとあえて香宮の名を出さずにいたのだ。

あの、大学一年の春の宵に起きた出来事は誰にも話していない。けれど、その日以来、朔は年上の彼女に夢中になっていた。

そして、弟の暁が入学してきた頃には、周囲も認めるほどの仲の良い恋人同士になっていたのである。

大学一年生の暁と、三年生の朔、そして淑乃。

すでに大学を卒業していた彼女は、そのまま大学院へ進学していた。

相変わらず、しわくちゃの白衣を相棒にして。毎日実験に追われながら論文と格闘する傍ら、朔との日常を穏やかに過ごしていくうちに。

卒業してからも一緒にいられるのだと、いつしか朔は錯覚していった。

彼女が姿を消したのは自分が結婚をほのめかしたからだろうか。海堂一族と親戚関係になるのが耐えられなかったから？　けれど、それならそうと正直に言ってほしかった。朔だけが、彼女との幸せな未来を想像していたことのなんと愚かなことか。

「……ずっと、よしの先輩のことしか追いかけてないよね。朔兄は。婚約者をあてがわれても相手にしないで、婚約破棄を喜んじゃって」

「暁？」

「結婚しちゃえば諦めもつくと思ったのに、向こうから拒まれて。それなのに朔兄はへらへらして……」

暁と違って自分の気持ちを顔に出すことがめったにない鉄面皮な朔のここ数ヶ月の変化に、弟だけは気づいていた。

「よしの先輩と出逢ってから、朔兄は変わっちゃった。いなくなったら元に戻ると思ったのに」

ぼそぼそと毒づく暁の声を、朔は無視してずんずんと歩いていく。

時刻は午後六時半。月はまだ見えず、墨色の空にちらほらと星が瞬いている。

ソメイヨシノが満開の小道の先には、七時開演の演劇を観に来たのであろう学生やその家族の姿がちらほらと見えた。

チケット片手に受付に並び、朔はようやく弟の声に耳を傾け、反論する。

「――俺だって。自分がこんなに諦めの悪い男だなんて思わなかったんだ」

座席を案内され、隣同士で気まずい空気を醸し出したまま、舞台ははじまった。

＊　＊　＊

ロミオとジュリエットをコメディにしたような滑稽な劇を観終えた朔は、後輩たちと楽しそうに会話している暁を遠くで眺めながら、はぁとため息をつく。

――なぜ、よりによって演目がロミオとジュリエットをモチーフにした喜劇なんだ！

悲劇よりはマシだったけど。

暁は主演のふたりと挨拶を交わした後、朔のもとへと戻ってきた。

相変わらず仏頂面の兄を見て、彼は苦笑を浮かべている。

「そんなに嫌だった？　俺さ、朔兄がロミオで、よしの先輩がジュリエットみたいに見えたから……」

「だから俺に劇を観せようと必死になっていたのか？」

よけいなお世話だ。俺と彼女の恋はとっくに終わっているのだから。

だというのに暁は寂しそうに表情を曇らせる。

「朔兄が卒業してから、俺、調べたんだ。彼女のこと……よしの、は名字じゃない、名前だったんだね」

「あ、ああ」

結婚してもおかしくない恋人たちが卒業前に突然別れたことには理由があると、暁も察したようだ。ただ、彼がいままで黙っていたことを考えると、香宮の名前を出して下手に兄を刺激するより、親の決めた婚約者と素直に結婚する方が朔のためになると判断したからだろう。結局、未だに婚約者に逃げられた朔が昇華しきれない初恋に縋《すが》っていることが、兄を見守っていた暁を苛立たせているのだ。

「調べたってことは、親父もグルか？」

「んー。そこはノーコメントってことで」

「……だよなあ」

とはいえ、暁は朔の完全な味方ではない。

父の明夫は朔に企業経営を受け継がせ（いわゆる代表取締役社長兼ＣＥＯという長ったらしい肩書きである）、暁に現場執行責任者（こちらも取締役兼ＣＯＯという以下略）の立場を与えようと考えていたが、婚約破棄騒動によって人当たりの良い暁を社長に推す声が強くなったのも事実だ。彼にその気がなくとも、弟の陽二郎に全権を委ねることを嫌がっている父親のことだから強引にことを運びかねない。

「だけど」

むすっとした表情のままの朔を見て、暁がぽつりと呟《つぶや》く。

「朔兄がこのまま独身でいることを選ぶなら、俺にも考えがあるから」

「考え？」

「今回の騒動で、周りも香宮の娘の存在価値を知ってしまった。知らないふりをしているのは朔兄、あなただけ」

「……は？」

「そうですよね。よしの先輩……いや、よしのさん」

月の見えない濃紺の空の下、咲き誇っていたソメイヨシノの花びらがひらり風に舞う。

暁が声をかけた先で、白衣のような明るい春色のコートを着た背の高い女性の影がちらりと動く。

「駄目じゃないサクくん。ようやく結婚してくれると思ったのに、ここにきて婚約者に逃げられちゃうなんて。ほんと馬鹿ね」

――八年間の空白などまるでなかったかのように、淑乃の甘ったるい声が朔を詰《なじ》る。

「よしの……？　うそ、だろ」

「お久しぶり」

年月を感じさせない彼女の立ち姿に、朔は絶句する。

学生時代と変わらない、伸ばしっぱなしの長い髪に、化粧っけのない整った顔。

朔が諦めようとして諦めることができずにいた香宮淑乃が、そこにいる。

けれど。

ちらちらとスプリングコートの裾が不自然に動いている。まるで、朔を警戒しているみたいに。

すると暁が、朔の知らない名前を呼んだ。

「トーヤ、こっちおいで」

コートの裾から男の子が顔を出す。

「暁おにーちゃん。ママは？」

「すぐに戻って来るよ。篠塚のおっちゃんのところで美味しいものでも食べて待ってよう」

「美味しいもの？　行く！」

親しい口調で暁と会話している黒いジャケット姿の少年を前に、朔は凍りつく。

いま、彼は淑乃のことをママと呼んでいた。

そりゃあ、八年も経過しているのだから、向こうがすでに既婚者である可能性も考えていた。

だけど、こんなに大きな子どもがいるなんて……。

「トーヤ。イイ子で待ってなさいよ」

「もう、ママってば。ママこそ知らない男のひとについていったらダメじゃないの？」

「あたしはいいの。サクくんはアカツキくんのお兄さんだから知らないひとじゃないもの」

ぽんぽん言い合う母と息子の姿を前に、朔は息をのむ。

小学校低学年くらいだろうか。長い睫毛がどことなく淑乃に似ている。

少年は朔を睨《にら》みつけるように見つめていたが、母の言葉でひとまず納得したのか素直に暁と去っていった。

「……彼は？」

「ふふ、驚いた？　トーヤっていうの。この春小学校二年生に進級」

「誰の子？」

淑乃の説明を遮るように低い声を出す朔に、目をまるくしてからぷうと頬を膨らませる。

「あたしの子よ。父親が誰かなんて決まっているじゃない。当人は気づいてなかったみたいだけど……もしかしてアカツキくんから何も聞いてなかった？」

「は？　なんで暁の名前が出てくる？　彼が関係しているのか？」

淑乃の子どもの父親が自分の弟である可能性に気づいた朔は、顔が青ざめるが、違うわよという彼女の声に救われる。

「まだ気づかないの？　こうまで鈍いと逆に教えたくなくなるわ。八年前、あたしは誰とお付き合いしていたかしら？」

「……！」

――俺、なのか？

という朔の問いかけに、淑乃がふふふ、と笑って応える。

「将来の海堂グループを担うサクくんにとって、あたしはお荷物にしかならない。潔く何も言わないで身を引いたつもりだったのに……なんであたしのこと、放っておいてくれなかったのよ」

「そんな……勝手に姿を消したのはそっちだろう？　俺がどれだけ心配したか！」

食い違うふたりの言い分に、淑乃がハッと表情を変える。

「……アカツキくん、ほんとにサクくんにあたしの所在、教えてなかったんだ」

「だからなんでそこで弟の名前が出てくるんだ？　あいつは今日まで何も……」

「そうみたいね。香宮の娘が海堂の長男の子どもを産んだなんて報せ、とてもじゃないけど大っぴらにできないでしょう？　そちらの後継者争いが落ち着くまで黙っているつもりだったのかもしれないわね」

「暁……は」

「トーヤがあたしとサクくんの子どもだってことは知っている。だからしょっちゅう子どもの様子を見に来てたわ。あのとき彼はまだ学生だったから……」

朔が大学を卒業して就職してからも、淑乃はずっと沓庭にいたのだという。てっきり朔の手が届かない場所に行ってしまったと思っていたが、実際は弟の手によって隠されていたのだと知らされ、愕然《がくぜん》とする。

なぜ暁はこうまでして淑乃のことを隠していたのだろう。海堂の後継者となる自分と香宮の娘が添い遂げることへの反抗だろうか。だが、さきほどの様子を見ると、彼が淑乃とその息子を憎んでいるというわけではなさそうだ。

むしろ逆だ。暁は、淑乃たちを慈しんでいるように見える。

そのことに気づいた朔はぞっとする。トーヤ、と親し気に呼ぶ暁の声は、まるで自分が父親であるかのようだった。

「よしの」

「アカツキくんとは何もないよ。正真正銘きみの子だよ。勝手に名前つけちゃったのは悪かったかな、って思うけど」

道端で立ち尽くす朔に近づき、耳元でこっそり息子の名前の由来を呟く。

それは、あまりにも切なくて、彼の涙腺を刺激するのに、充分だった。

「夜の灯火《ともしび》で灯夜《とうや》にしたの。サクくんのような月のない夜でも、灯《あかり》で照らしてくれるように」

朔は自分がやらかした事の大きさと、知らなかったとはいえ彼女を何年も苦しめていたことを、このときになってようやく悟る。

それは父親である朔がいなくても、子どもを育てるという淑乃の決意が込められた名前だった。

「だから、サクくんはいらない。そう思っていた、の、に……なぁー」

「よしの……俺は、なんて、こと、を……！」

泣き笑いの表情で、悔恨の念に打ちひしがれる朔を聖母のように抱きしめて、淑乃は呟く。

「サクくん。いまも……あたしのこと、すき？」

「当たり前だ……っ、ちくしょう」

「父親の選んだ婚約者に振られたってアカツキくんが大慌てしていたとき、もしかしたらって思ったの。だから無理言ってきみを連れてきてもらった……アカツキくんは最後まで渋っていたけど」

「だってアイツは」

「うん。彼が悩んでいることは知ってる。だけどいまのあたしは彼に応えられない」

「残酷だな」

「そんなの昔からじゃない」

抱きしめられた状態で、弟の恋慕を退ける発言を耳にして、朔はようやく安堵の息をつく。

そんな彼を見上げて、淑乃は表情を曇らせる。

「残酷なのは、サクくんもだよ。自分がやりたいこと我慢して、周りが幸せになればそれでいいと思う自己犠牲の精神って、美しく見えるけど現実は惨めなだけ」

「……それはお互い様だろ」

的確に自分の弱点を突く淑乃の前でふて腐れて、朔は彼女の頬にふれる。冷たい手にほっぺを包まれた彼女は驚いて口を噤《つぐ》む。

「でも、よしのがそう言うのなら、俺はもう……」


――我慢しないよ、と朔は淑乃の唇へ噛みつくようなキスをする。


淑乃に半ば挑発されるような形で想いをぶつけてしまった朔は、引くに引けなくなったこの感情に名前をつけられずにいた。

怒りではない、哀しみでもない、まるで封印していた箱を開いてしまったかのような不安と希望が、朔にとってのいまの淑乃だったのだ。

「俺を捨てて他の男の元に走ったのか、俺とともに生きる将来に怖じ気づいたのか、俺が嫌いになったのか……貴女が姿を消したとき、俺は自分が諦めることしか考えられなかった。嫌がるよしのを探しても、追いかけて俺の傍に連れ戻したところで、猫みたいな貴女はどうせ逃げてしまう……それならばいなくなってしまったことを受け止めて、もう恋などしないとこの身を律することしかできなかった……！」

「サク……く、ンッ――」

ソメイヨシノの花びらが、ひとひら、ふたひらと雪片のように口づけあうふたりに降り

注ぐ。

大学一年の夜に交わした濃厚な口づけのように、朔は淑乃の身体をきつく抱きしめながら、舌先で官能の炎を呼び起こしていく。

「あっ……んは……っ、ここ、外っ」

「どうせ誰も見ていないよ。それとも場所を変える？」

唇を重ねただけで、強気な彼女は朔の腕のなかで弱々しい生き物に変わる。

濃厚なキスを教えてくれたのは淑乃だったのに、いつしか自分の方が彼女を酔わせるようになっていた。

今だって。朔が繰り返し、淑乃の腰を砕けさせるような口づけをすれば、彼女は救いを求めるように彼の腕にすがりつく。もう恋などしないとこの身を律することしかできなかった朔もまた、再会した彼女に囚われていた。

「――サク、くん……ッ」

「子どものことは暁に言っておけばいい。それよりもいまは……よしのを抱きたい」

キスだけじゃ足りないと囁《ささや》けば、顔を真っ赤にして淑乃が恥ずかしそうにこくりと頷く。

「ん……今夜は帰らないって、連絡しとく。たぶん、ぜったい、怒られるけど」

「そのときは俺も一緒に怒られてやるさ」

「いやだなぁ、初めて息子と顔合わせるのに朝帰りで怒られる父親なんて」

「それ以前に俺が父親って認めてもらえるか、わからないけどな」

「トーヤはアカツキくんに慣れてるから、大丈夫じゃない？」

「それが問題だよ」

淑乃の息子の灯夜が暁と親しいからといって、実は暁の兄が自分の父親だったと知らされたら、何を思うだろう。

あのくらいの年頃なら、淑乃と暁が結婚すればいいのに、などと無邪気に口にしかねない。

ここにきて自分が父親の名乗りをあげて、淑乃と結婚すると言い出したところで、自分が灯夜だったら素直に納得できないだろう。

「父親の認知はしてほしいけど、いまさら結婚するつもりもないわよ」

「は？」

「もしかして、責任取れって迫ってくるとでも思った？　あたし、サクくんとの間に子どもが持てて充分幸せだよ。ちょっと報告するのが遅くなっちゃったけど」

「いやそれ暁がわざと隠していたせいだから！　よしののせいじゃないだろ？」

「それでも……サクくんが後悔して苦しむ必要はないんだよ。あたしがひとりでこっそり生み育てることを選んだんだから」

「嫌だ。俺はよしのじゃなきゃ結婚したくない」

「……馬鹿」

「だから今夜朝までしっかり抱いて、俺なしじゃいられなくしてやる」

学生時代、恋人同士としてお互いに本能に忠実になって身体を求めていたときのことを思い出しながら、朔はぴしっと告げる。

社会人になって、しがらみが増えて、思い通りにいかないことにも慣れてしまった。父親のいいなりになって結婚していたら、きっとこの感情にも蓋をしたまま、朽ちていくだけだっただろう。

だけど相手がそんな朔に気づいて逃げ出した。そうなってようやく朔は自分の気持ちを改めて見直すことが叶《かな》ったのだ。

今度こそ、逃さない、手放さない。

「サクくんったら……」

こうして自分の腕のなかに彼女がいることを自覚してようやく朔は淑乃と添い遂げたいと、蟠《わだかま》っていることすべてを解決させて、一緒に幸せになりたいと痛感したのである……。

＊　＊　＊

大学の最寄り駅の近くには研究者や教授たちが使用するシティホテルが点在している。受験や学会がある日は盛況で部屋を取ることが難しいというが、いまはシーズンオフでどこも閑古鳥が鳴いているため、最上階に位置するツインルームも比較的安価で泊まることが可能だ。一階の和食レストランで夕食を終えチェックインした頃にはすでに二十二時を過ぎていた。

「ほんとうに……息子のことは大丈夫なのか？　帰す気はないけど」

「最後のヒトコトが余計よ。電話したら篠塚先生のおうちにいるって言ってたから一晩くらいなら問題ないわ。暁くんは先に帰るって」

「ふうん。っていうか誰、篠塚先生って」

「職場の同僚って言えばいいのかな。トーヤはパパって呼ぶときあるけど」

「ぐふっ」

恋敵は弟の暁だけではないのか⁉　と思わず朔は淑乃を睨んだが、彼女はからから笑っている。

「職場って、沓庭大学付属病院？　てっきり大学院出てから研究職に就いたのかと思った」

「そんなこと言ったこともあったかもね。だけど研究職って基本的に非常勤で薄給じゃない。兼任する形で企業の産業医的なところに潜り込めればどうにかなったかもしれないけど、トーヤを育てるとなると二足の草鞋《わらじ》はキツイでしょ。だからその道はきっぱり捨てたの」

「諦めたって言わないところがよしのらしいな」

自分と別れたあと、淑乃がどうしていたのか気になるが、それはおいおい訊《き》いていけばいいと朔は心のなかで頷き、彼女の声に耳を傾ける。

「今はね、大学病院付属のガーデンクリニックで、専属カウンセラーしてる」

「ガーデンクリニックって、精神科と心療内科の?」

「そ。外来だけのね」

それだけ口にして、淑乃はデザートの白玉クリームあんみつを幸せそうに頬張っていく。

「……そうか、相変わらず白衣着てるのか」

「うん。ちゃんと血の通った人間相手に仕事してる。守秘義務があるから詳しいことは言えないけど」

「すごいな」

「すごいのはサクくんもだよ。次期社長としての実務経験を積んでるってアカツキくんが……」

「そんなの俺じゃなくてもできる仕事だよ」

「あたしにはできないよ」

レストランの会計を済ませ、最上階行きのエレベーターに乗り込んで、朔は淑乃を抱きしめる。

先ほど食べた白玉クリームあんみつのクリームがちょこんと淑乃の口許についているのが愛らしくて、朔はここでも啄《ついば》むようなキスをした。

＊　＊　＊

カチャリ。

ロビーで渡された鍵を使って扉をあければ、目の前に清潔感のある白いシーツがピンと張られた大きなベッドが置かれているのが見えた。

そして、奥にははめ殺しの窓があり、分厚いガラスの向こうには学園都市一帯の夜景が広がっている。

「でっかい窓だな……これ、昼間だったら大学の様子が丸見えだ」

「これからの季節は森の緑で隠れるから問題ないんじゃない？　ほら見て、桜並木も上からだとこもこしてて面白いよ」

淑乃に言われて視線を落とせば、ふたりで歩いていた桜並木のある場所が見える。

演劇が行われていた小ホールの周囲はすでに照明が消えていた。それでも月が煌々《こうこう》と照っているからか、色素の薄い桜の花だけは夜闇でも映えていて、どこか妖艶な雰囲気がある。

「そういえばはじめて逢った夜も、桜がたくさん咲いてたね。八重桜だったけど」

「あ、ああ……結局のところ、彼氏云々《うんぬん》ってのは嘘《うそ》なんだろ？」

「ふふ。サクくんがお人好しで良かったー」

「こたえになってない」

「もう十二年も前のことなんか忘れたわ」

「よしのっ」

「――すきだよ、サクくん」

突然真面目な顔に戻って、淑乃は朔を翻弄する。

「結婚なんて望まない。ただ、この桜が散ったあとも、傍で見守ってくれるだけでいいの」

たとえこの桜が散っても、自分たちの関係を変えることはないと、淑乃は朔を改めて牽《けん》制《せい》する。

「でも……俺はよしのと結婚したい。今の暮らしを壊したくないって気持ちもわかるけど……」

「あたしとサクくんが結婚するには多くの障壁が存在してる。まずはトーヤを説得しないといけないし、そっちだって、会社の後継者問題が……」

「俺はよしのの気持ちを訊いている」

煩わしいことは後回しだと言いたげに、朔は淑乃をベッドのうえに押し倒す。両腕で彼女の華奢《きゃしゃ》な身体を押さえつけながら、深いキスを与えれば、彼女は観念したかのように舌を絡めてゆく。

「んっ……サク、く」

「我慢できないよ、よしの」

くたりと身体をしならせて、淑乃が朔の名を懇願するように呼ぶ。

久々の情事を前に、頬を真っ赤にして、瞳を潤ませる彼女に、朔が勝ち誇ったように微笑を浮かべる。

「たとえこの桜が散ったとしても、俺の気持ちはもう、変えられないから」

キスを繰り返しながらブラウスのボタンとスカートのホックを器用に外し、淑乃が身につけているものを下着だけにした朔は、恥ずかしがる彼女を無視して布地越しに愛撫《あいぶ》を施していた。乳房をブラ越しに強めに揉《も》めば、レース越しに乳首がぷくりと勃ちあがってほんのり桜色が透けて見える。

「いやぁあんっ、サク、くんっ……」

「真っ白なレースのブラジャーとショーツなんかつけてたんだね。いやらしくて可愛い。俺以外の男にこんな姿見せたらだめだからね」

「は、はぅっ……っく……」

「子どもを産んだとは思えないキレイな身体だ……すこし胸が大きくなった？」

「た、垂れただけ……っ！」

年上の余裕を剥ぎ取られ、朔の手で女としての悦びをふたたび覚醒させられて、淑乃はベッドのうえで淫らに喘《あえ》ぐ。

そのままブラホックを外した朔は、ふるんとまろびでてきた真っ白な果実を包み、嬉《うれ》しそうに指先で両乳首を弾く。

「ッア」

「垂れた？　そんなことないよ。いまでもとてもキレイな胸の形してる。感じやすいのも相変わらずで……ほら、俺の手で気持ちよくなってるでしょう？　そういえばよしのは胸だけでイくことができる淫乱だったもんね」

「そ、それ……イヤッ」

「イヤなわけないだろう？　もしかして、赤ん坊にミルクをあげていたときも気持ちよくなってた？」

「ぼ、母乳はあんまり出なかった、から……」

「そっか。安心したよ。いくら俺とよしのの子どもでも、よしののおっぱいは独り占めさせたくなかったからね」

「サ、ク、くぅうん」

「ミルクが出なくても、よしののここはとっても甘くて美味しいよ。俺、よしののおっぱいだいすき」

ちゅぱちゅぱとわざと下品な音を立てながら、朔は淑乃を攻めたてていく。両乳首が朔の唾液によってぬらぬらと煌めき、淑乃の身体をより淫靡《いんび》に見せていた。

朔の唇で乳輪ごと乳首を咥《くわ》え込まれ、てっぺんを歯で擦り立てながら舌先で周囲を舐《な》めあげれば、淑乃はか細い声で啼《な》く。

ショーツ一枚で胸元ばかりを弄られている淑乃は、無意識のうちに両足をもじもじ動かしている。よくよく見ると、すでに白いショーツにシミが浮かんでいた。

「この……おっきな赤ちゃん……めっ」

「胸だけで気持ちよさそうに下着を濡《ぬ》らしているママに言われたくないですー」

「や、やだぁ、サクくんにママなんて呼ばれたくないーっ！」

顔を真っ赤にしながら反発する淑乃を宥めるように、緩急をつけて左右の胸の飾りを吸ったり突いたりしていた朔は、探るように利き手を彼女の下腿《かたい》へずらし、じらすように撫《な》であげてゆく。

「ふっ、ふぁああ……」

「下着まで湿らせて、期待してるくせに」

「あんッ……そ、そこダメぇ！　ひゃあああああんっ……！」

ショーツ越しに淫核がある場所へ指をあてがい、朔は摘みあげるように撫で回す。反対側の手は相変わらず胸元にあり、手と口で淑乃の敏感な三ケ所を苛めていた。

半泣きになりながら寝台の上で身体を弾ませる淑乃を絶頂寸前まで追い詰めて、朔はくすりと笑う。

「イきたい？」

「……サクくんの、意地悪」

「意地悪だってしたくなるさ。なんせこっちは八年ぶりに愛する女性を抱くんだから」

「あの、ね――久しぶりだから、ナカまでしっかりほぐしてくれる？」

「喜んで」

何を心配しているのかと思えば、そんなことかと朔は安堵する。淑乃は執拗《しつよう》な前戯に息も絶え絶えになっているが、出産以降セックスがご無沙汰だった彼女にとってみれば、男の象徴を以前のように受け入れられるか心配なのだろう。

「……じゃあ、そのショーツも脱がすよ」

「いちいち言わないでいいってば」

愛液のシミがついたショーツを丁寧に脱がせて、朔は一糸まとわぬ姿になった淑乃を抱きしめ、口づける。

「——よしの。いまの貴女もとても綺麗《きれい》だ。誰にも渡したくないんだ」

「あたしは、誰のものにもならない……でも、サクくんのことは、ずっとすき」

「いまはそれで充分だよ。ただ、覚悟して。俺はもう決めたから……よしのを花嫁にするって」

「勝手だわ。それに、無茶」

「素直に求めろって言ってきたのはそっちだぞ」

「ぁあ！　はぅんっ……」

彼女の言葉を遮りながら朔が恥毛をかきわけ見つけ出した淫核に直にふれて指の腹で押しつけると、淑乃はビクンと身体を震わせる。

朔の手で淫らな反応を見せる淑乃を前に、自分もまた、下半身を重くする。

敏感な秘芽を指の腹で何度も擦りたてられた淑乃は、息も絶え絶えに声を荒らげていた。

それなのに朔はさらに膨らみを増した莢《さや》を剝いて自分の顔を近づける。何をしようとして

いるのか気づいた淑乃が止めようとするが、すでに朔の頭は太ももの間に入り込んで動かない。

「ま、まだお風呂入ってな……」

「問題ない」

「ッ、サ、サク、くんっ⁉」

　朔は淑乃の太ももを両腕でしっかり固定して、彼女の秘処へ己の舌を伸ばしていく。ぷっくりとした秘芽をくちゅくちゅ吸ってやるだけで淑乃は身体をびくっとのけぞらせる。敏感な突起を甘噛みしてから潤んだ蜜口へ舌を進め、溢れ出る愛液を啜《すす》っていく。

　彼女から溢《あふ》れた蜜はすでに尻を伝ってシーツまで垂れていたが、やはり入り口は狭いまままだ。朔は淑乃にお願いされたとおり、ナカまでしっかりほぐすつもりで口淫を繰り返す。

「久しぶりなんだもんな。こっちも俺が手と口でたっぷりシてやるよ」

「ふっ、ぃあぁんっ！　そんな……されたら、やっ、イっちゃうっ！　イっちゃうってばぁサクくぅん……っ～～～！」

　いやらしい水音を立てながら、ようやく朔は淑乃をこの夜最初の絶頂に導く。手と口だけで達して意識を飛ばした彼女は、ベルトをしゅるりと外した朔の手に気づかない。

　情欲にとり憑《つ》かれた下半身を露出させた後、ふたたび指を彼女の花園のなかに侵入させ、朔は丁寧に膣壁を擦り立てていく。その指の動きに驚いた淑乃がふたたび甘い声で彼の名を呼ぶ。

「サク、くん……」

「まずはナカまでとろとろにしようね」

「あぁ……ッ」

「俺としては早くコイツを挿入《い》れたいけど、久しぶりならもっと手と口でイっておいた方がいい」

「ひゃ……はぅう……」

「かわいい、よしの」

いきり勃った楔《くさび》を彼女の太ももに押しつけながら、朔は淑乃の蜜洞を指先で器用にほぐしていく。指では届かない最奥が疼《うず》きだしていることに気づかないふりをして、朔は彼女を焦らしながら、中へ入れる指の数を増やしていく。

「ぅう……くぅん」

「覚えてるよ。この場所がよしのの気持ちよくなれるところだって。きゅんって俺の指締めつけてる。早く欲しいんだ?」

「んっ……サクくんの……っあぁ！　また……イっちゃうぅ」

汗と唾液と愛液で濡れた淑乃の身体には朔が刻んだ真っ赤なキスマークが至るところに浮かんでいた。

手で秘処をほぐす間も彼の口は淑乃の肌や乳を味わっていて、快楽に溺れる彼女をはなさない。

朔は乳首を咥えたまま淑乃を翻弄するように言葉を紡ぎ、彼女の反応を楽しんでいる。

淑乃は悶《もだ》えながらつま先をピンと伸ばし、達しながら朔の肩にしがみついた。

「あぁ――っ、はぁあん……ッ！」

「よしの。上手にイったね。俺もそろそろ……いいよね」

ベッドの上でひくひくと達した余韻に浸る淑乃のあたまを軽く撫で、満足そうに呟いた朔は、シャツを脱ぎ、カバンのポケットからコンビニで購入したばかりのスキンの箱を取り出し、彼女に見せつけるように封を破る。素早く中身を出し、器用に取りつけたはだかの朔を、期待を込めた瞳で淑乃が見つめている。


「ん……サク、くん。――来て」


そのまま朔は彼女の中に溶けこむように肌を密着させ、ふたりはひとつに融けあう。

繋《つな》がった途端に満たされたのは、朔が先か淑乃が先か。

互いに腰を振って挑発するように激しく動き、ふたりして熱量を発散させ、火花をぶつけあうように、意識が飛んで視界が真っ白に染まる。

それはまるで、散りゆく桜の花びらに視界を遮られてしまったかのように。

ふたたび色づく世界へ舞い戻ったふたりは、繋がったまま、未ださめることのない熱を分かちあいながら言葉を交わす。

「っく！　締め付けすぎだ……よしのっ」

「サクくんだって……ぇ、かたいのにっ、なかで大きく、なってるっ！」

「い、言われなくてもわかってる！」

「あたしだって……ぁあんっ！」

甘い声をあげながらきゅん、と蜜襞を収斂《しゅうれん》させて愛液を迸《ほとばし》らせる淑乃に、朔も腰の動きを速めていく。

負けるものかと淑乃が噛みつくようなキスをして、ふたりは上と下の口で繋がりを深めていく。

繋がった途端に感じた真っ白な快感をふたたび呼び起こすかのような動きを繰り返す朔に、やがて耐えきれなくなった淑乃のぽてっとした桜色の唇がはなれる。

なおも官能に揺さぶられ、淑乃は金魚のように口をぱくぱくしていたが、朔の楔に最奥まで貫かれつづけ、もはや言葉も紡げない。

ただ、真珠のような涙をほろほろ零しながら瞳を伏せて意識を飛ばしてもなお、朔に手を伸ばし、しっかりと細い指を絡めていた。

＊　＊　＊

「よし、の……」

朝まで抱いてわからせてやる。そう言って朔は淑乃をベッドからはなさなかったが、体力がそれを許してくれなかったらしい。いつのまにか泥のように眠っていた。同じように彼女も隣で眠っていると思ったのだが。

——いない？

目覚めたときにはすでに淑乃の姿は消えていた。

今度こそ手に入れたと思ったのに。

いつだって彼女は気まぐれな猫のように朔を惑わし、彼の心はその都度取り乱す。

「よしの！」

ベッドから起き上がった朔は、サイドテーブルの上にお札とカードが置かれているのを見て愕然とする。

——ホテルの料金なら俺が払うと言ったのに。

裸にシーツを巻きつけたまま、朔は朝陽が差し込む窓を背に、淑乃が置いていった薄い緑色のカードを手に取る。カードだと思ったそれは、名刺だった。

『沓庭大学付属ガーデンクリニック　心療内科・精神科外来　専属心理カウンセラー　YOSHINO KOMIYA』

ガーデンクリニックという名称にあわせて、淡い緑色の紙に小花模様が散らされた可愛らしい名刺には、所在地と予約制の診療時間、電話番号が記されている。彼女個人の連絡先ではないが、彼女の職場であるここへ行けば会えるのだと理解した朔は、ふうと胸を撫で下ろす。

「……ん？」

まじまじと彼女が置いていった名刺を見返すと、カウンセリング受付のところにボールペンで書いたものらしき小さな文字が加えられている。

その文字を確認して、朔は理解する。

「なるほどね」

弟の暁が八年も兄に黙って淑乃のことを見守っていたのは、海堂一族の後継者争いで朔を出し抜くため、兄の弱点である彼女を見張る役目もあったのだろう。

ここにきて彼が朔に淑乃の所在を知らせたのにはきっと何か理由がある。淑乃がひとりで育ててきた息子のことを朔に隠していた暁に憤りも感じるが、彼も彼なりに事情があると彼女も言っていたし、自分たちの後継者争いに巻き込みたくないという密かな願いもあったのかもしれない。

けれど、朔と淑乃がよりを戻したことが知れれば、暁だけではない、父親や叔父の方にも影響は拡がっていく。ましてや次期社長の座に一番近い朔と因縁のある香宮の娘との間に息子がいたことが明るみに出れば、騒ぎが大きくなるのは目に見えている。

淑乃はそれを警戒して、あえてひとり先に戻ったのだ。

個人の連絡先も告げず、職場の名刺だけを置いて。

朔に迷惑をかけないよう、秘密をまもるため。

『心理相談受付、一対一でのカウンセリング30分5000円から（イモリちゃんはあたしの味方）』

イモリちゃん、という人物にアポを取れば、診療時間内にふたりきりで逢うことができる、ということらしい。

朔は淑乃が置いていったカードを舐めるように見つめて、低い声で嘯《うそぶ》く。

「よしの。今度こそ……逃さないよ」

結婚したくないと言いながら、必死に朔を受け入れていた、愛しい女性の姿を眼裏に描きながら……。

Chapter2　淑女が猫になった日

「こちら、沓庭ガーデンクリニックです。はい、外来のご予約ですね……当院は初めてでしょうか？」

受付事務をしている井森法子《いもりのりこ》の声が耳底に届く。別室で書類作業をしていた淑乃は慌てて白衣を羽織り、扉を開いて待合室へ歩いていく。

井森が受け付けている電話が初診患者の予約だとわかると、彼ではないかとつい期待してしまうが、応対している彼女の顔色をうかがえば、淑乃の想い人ではないらしく、井森は苦笑を浮かべていた。残念。

——だってあのときは、職場の名刺を置いていくので精一杯だったから。

香宮淑乃が学生時代の恋人である海堂朔と八年ぶりに再会した春の夜から、すでに一月《ひとつき》が経過しようとしている。

満開だったソメイヨシノは花びらをすべて散らし、新緑が眩《まぶ》しい葉桜となってしまったが、大学敷地内には未だ春の訪れを歓迎する花々が四月下旬の陽気を喜ぶように咲き誇っている。初めて朔と逢《あ》ったときに咲いていた季節遅れの八重桜や、白や桃色の花水木もあちこちで見頃を迎えたが、なかでも目立つのは病院周辺の日当たり良好な歩道を覆い尽くす薄青色の勿忘草《わすれなぐさ》だろう。どこから飛んできたかはわからないが、種が芽吹いて毎年この季節になると一斉に花をつけるのだ。

淑乃が勤務する診療所のまわりにもたくさんの花が咲いている。エントランスの花壇にはスタッフ総出で秋に植えたチューリップの球根が大きな蕾《つぼみ》を色とりどりに膨らませているし、待合室の窓からよく見える中庭の小手毬《こでまり》の花木はその名のとおり小さな毬のような白い花をぼんぼりのように揺らしている。

フラワーセラピーの理論を取り入れた憩いの庭は、病院関係者や医学生たちからも評判が高い。

大学病院付属の外来施設とはいえ、堅苦しくないのはこの建物が比較的最近に建てられたものだからだろう。もともと精神科は院内の同じ場所で入院外来患者を一緒に診ていたが、近年の社会情勢による患者数の増加によってひとつの場所で捌《さば》ききれなくなったため、外来専用の診療所を別途用意することになったのだ。五年ほど前に病院から声をかけられた淑乃は、新規カウンセラーとして採用され今に至っている。

——サクくんには偉そうなこと言っちゃったけど、不安定な職なのは事実なんだよね。

妊娠中に大学院を卒業した淑乃は、世話になった教授夫妻におよそ二年間、色々な面で支えられた。卒業後は引き続き院の研究室に入るものだと思っていた教授に妊娠の事実を告げ、迷惑はかけられないと辞退しようとしたが、天涯孤独の身である淑乃の境遇を知る教授はそれを許さず、せめて無事に子どもが生まれるまでは自分のもとにいろと引き止めたのだ。

そのため、精神科心理学教室に所属した状態で淑乃は灯夜を出産、教授が手配してくれた病院付属の母子寮で子を育てる傍ら、精神科の非常勤カウンセラーとして大学病院で働くことになった。産後一年も経たないうちに壮絶な現場に放り出された淑乃を見た暁はこんなことしなくても自分の元に来ればいいとさんざんアプローチしてきたが、彼女はそれを頑なに拒み、働きつづけた。

朔の手を取らずに逃げ出した自分が暁に絆《ほだ》されることなどあってはならないことだ。だって彼の目的は自分ではなく兄とのあいだにできた息子なのだから……。

がむしゃらに働いた結果、淑乃の勤勉さが認められ、新設される診療所の専属カウンセラーに正職員として入らないかという誘いが来た。もしかしたら海堂一族による囲い込みかもしれないと淑乃は疑心暗鬼に陥ったが、暁たちの監視の目が届いていないことを知り、異動を決める。

保育所に預けていた灯夜を大学付属幼稚園へ入園させ、淑乃の働き方も不規則なものから規則的なものへと改善した。正職員として病院の外で働くことを知った暁は悔しそうな顔をしていたが、完全に彼らの監視下からは逃れられないのだからこのくらい自由にさせろと言い切り、淑乃は己のキャリアを優先させている。

――シングルは大変だけど、あたしは今の生活に満足してる。海堂一族を刺激してはいけない。これ以上、彼の……彼らの枷《かせ》になりたくない。

朔は結婚したいと言うけれど、灯夜のことを知ってもらえただけで充分だと淑乃は思っている。息子は自分の父親が誰か知らない。生まれた頃から遊び相手のような暁と勉強を教えてくれる同僚の篠塚が淑乃の傍にいるから、そのどちらかではないかと考えているふしはあるが、朔が登場したことで灯夜の頭の中は混乱しているようだ。

現に、仕事でもないのに知らない男と一晩過ごして朝帰りしてきた母を前に、彼は拗《す》ねてしまった。暁がフォローしてくれるだろうと楽観視していた自分の読みが甘かった……と毒づく淑乃に井森は冷たい。

『そりゃあ、自分より兄を選ぶよしのちゃんに失望したからでしょ。今まで陰ながらよしのちゃんとトーヤくんを見守っていたのに、アッサリ別の男のもとに走られてみ？　その男の子どものことも可愛さ余って憎さ百倍になるわよ』

そもそも暁は陰ながら見守っていたわけではなく、香宮の娘と海堂の長男とのあいだに生まれた息子を監視していただけで、自分は扱いにくい駒でしかないのだと井森に反論したところで「いや、それはないでしょ」と一蹴されるのがオチだ。

――じゃなきゃ、なんなのよ。携帯電話にGPS《位置情報》を埋めこまれて動きを制限されてるこっちの身にもなってほしいわ！

はぁ、とため息をつきながら、淑乃は白衣のポケットに入れている携帯電話の時計を確認する。

受付の井森が「それでは来週水曜日の十六時、お待ちしております。失礼いたします」と電話を切ったのを見て、肩を落とす。

今日も朔からの連絡はなさそうだった。

＊　＊　＊

息子の存在が暁に知られてしまったのは七年前のゴールデンウィーク明け。

夕方、大学病院の保育所から母子寮へ戻る途中、勿忘草の花が咲く歩道でぐずる赤子の灯夜を抱っこ紐《ひも》であやしている姿を見られてしまったのだ。

兄の朔が大学を卒業して一年が経過していたことで油断していた自分にも当然非がある。けれど、理工学部棟から遠く離れた大学病院の歩道を暁が通りかかったことは、偶然ではなく必然だった。

朔が大学を卒業してからも、暁は彼に黙ってよしのいう姓の女性を探しつづけていたらしい。大学院生の卒業名簿を探しても見つからず、諦めかけたときに見つけたのが、香宮淑乃、という名前だ。

兄が結婚したいと望んだ女性が、自分たち一族と因縁を持つ娘だと知らなかった暁は、なぜふたりが別れたのか納得できずにいたのだという。けれども彼は、朔と淑乃が隠していた真実を暴いてしまった――暁は、ふたりに裏切られたと思ったに違いない。

「見つけましたよ。朔兄から逃げ出せて満足？　香宮先輩」

淑乃にとって、海堂朔は復讐《ふくしゅう》すべき相手で、恋すべき相手ではないはずだった。目の前で忌ま忌ましそうに自分を見つめる弟の暁の方が、正しい反応なのだ。

暁は自分から朔の心を奪った淑乃が、ひとりで子どもをあやしている姿に驚いたようだった。

朔の子だと素直に認めた淑乃を前に、暁は困ったなあと笑いだす。

「朔兄には婚約者との結婚が控えているのです。隠し子の存在が明らかになろうが、いまさら貴女が入り込む隙などありませんよ」

「安心して。そのつもりはないわ」

淑乃を傷つけるように、暁は告げたけれど、泣きそうな顔をしていたのは彼の方だった。

自分は香宮の娘だから、彼の花嫁になりたいと願うなどおこがましいのだと、淑乃があっさり言い切ったから。

その瞬間、暁はとんでもないことを言いだした。

「貴女は俺たちにとっての勿忘草なんです。どうか、朔兄の結婚式が無事に行われるまで……」

——海堂の名のもとに、貴女を監視させてください。

＊　＊　＊

運命の歯車は思いもしない時宜《タイミング》とともに、ゆるやかに狂っていく。

息子の存在を朔に黙ってもらう代わりに淑乃は自分の携帯電話に暁が作成したアプリを入れることを渋々認めた。大学の理工学部で情報工学を専攻していた暁は在学時代から海堂グループが扱うコンピュータシステムを牛耳っていたのだ。

暁は自分と息子の存在をほかの海堂の人間に知られないよう守るために必要なものだと説明してくれたが、自分が登録した情報はすべて彼に筒抜けで、下手をすればメールや通話の履歴も簡単に確認できる状態だった。

朔の結婚式が無事に行われるまでと暁は言っていたが、結婚式は失敗に終わっている。そのうえ、朔はいまも淑乃を求めている。

朔に自分の連絡先を嬉々《きき》として教えたら、履歴情報を読み取って暁が邪魔するのは目に見えている。

だからあえてお金と職場の名刺を置いて、淑乃は朔の前から去ったのだ——彼のことだから、きっと職場までお金を返しに来ると信じて。

——勿忘草、か。花言葉はたしか、〝わたしを忘れないで〟……。

婚約破棄された朔を慰めるため一目でいいから彼に逢いたいと希った淑乃のために、暁は夢のような一夜をお膳立てしてくれた。

けれど、暁は淑乃と朔がよりを戻して結婚することを快く思っていないはずだ。

それとも、状況が変わったのだろうか。

海堂グループに因縁の深い香宮の娘は、後継者争いの邪魔になる。だから淑乃は身を引いたのに。暁はそんな淑乃をもどかしく思っている。兄が駄目なら自分ならどうだと何度冗談交じりに口説かれたことか。

朔が父親から社長の椅子を引き継ぐために一生懸命経営を学んでいたことを知っているから、彼の隣に社長夫人にふさわしい女性が現れてこの場を収めてくれないかと他人事《ひとごと》のように考えていたのに……朔の気持ちはまだ、自分にあるのだと識《し》ってしまった。そして自分も彼を忘れられずにいて、ずっと好きでいたことを伝えてしまった。もう、戻れない。

――彼との愛の証は息子の灯夜だけ。それで良かったのに。

朔に抱かれた夜を思い出すたび、淑乃の下腹部は鈍く疼《うず》く。はじめて身体を重ねて彼が自分に溺れた学生のときを思い出して、淑乃はいつの間にか自分の方が彼に溺れていたことを悟ってしまう。

桜の花びらのようなキスマークは時間の経過とともに消えてしまったけれど。彼に丹念にほぐされたこの身体は、愛された記憶を強く刻みつけていて、淑乃を切ない気持ちにさせる。

「あ、よしのちゃん六時に予約一件入ったから用意お願いね」

「イモリちゃん？　今日の最終って空いてなかったっけ？」

「それがさ、昼休みに電話が来て。仕事帰りに立ち寄りたいから、って」

「了解」

「篠塚先生は五時あがりだけど、カウンセリングだけでって言うから、ふたコマ取っといたよ」

井森に話しかけられて淑乃はスケジュールの確認をはじめる。昼休みに電話が来たならもっと早く教えてくれればいいのにと頬を膨らます淑乃に、井森はごめんごめんと笑ってごまかす。

「だって、ほかの仕事が手につかなくなったら困るじゃない」

時刻は午後四時半。傾きだした西陽を浴びている憩いの庭のベンチには、太った茶色の猫が我が物顔で寝そべっている。淑乃が猫の方へ視線を向けても、猫はぴくりとも動かない。そよ風に揺れて薄紅色の八重咲きチューリップが物憂げに頭を垂れる。その周りには静謐《せいひつ》な湖を彷彿《ほうふつ》させる薄青色の——いちめんの勿忘草。

忘れてなかった、と察した淑乃は瞳を瞬かせる。

「初めての患者さんだけど、香宮先生ご指名です」

「……名前、は」

「カイドウ、と」

——きっと、サクくんだ……！

ぱあっと表情を明るくする淑乃に、井森が「ほらね」と微笑を浮かべる。

沈みゆく晩春の夕陽の橙色《だいだい》の光を浴びた淑乃の横顔は、ほんのり幸せそうに赤らんでいた。

＊＊＊

海棠朔、という名前を知ったのは大学二年の冬、淑乃が交通事故で母親を亡くして一年が経過したときのことだ。

海棠一族の顔に泥を塗ったことで地に堕ちた香宮一族だったが、母は最期までその名に拘っていた。生まれてきた娘に『淑乃』という名前をつけたのも、そもそもは『香宮の娘に相応しい淑女となるように』という母の一存で決められたのだとか。母親は娘に厳しかった。むしろ、自殺した祖父の妻である祖母の方が、淑乃にはやさしかった。香宮の家へ嫁入りし、母を産んだ祖母は、孫娘までこの旧い家に縛る必要はないと何度も母を諭してくれたが、淑乃が高校生になる前に病気で亡くなっている。

祖母が細々と貯めていてくれた遺産のほとんどは浪費癖の治らなかった母に食い尽くされたが、このお金で大学入学までの諸費用が賄えたのも事実だ。

母の反対を押し切り、進学とともに一人暮らしをはじめてからは家のお金に頼っていない。だが、母が死んだことで、皮肉なことにひとりで生活するには十分すぎる金が淑乃に入ってきた。自分にこんな金は必要ない、けれど、老後のためにとっておくのも忍びない。なるべく早く使い切りたいと考えた淑乃は、それなら大学院まで行って自分の学びたい分野を極めようと決意した。

そんなふうに進路を選んだ冬、母の命日に墓前へ報告を兼ねて花を供えに行った際に、あの男がいたのだ。濃紺の上品なスーツを着込んだ、場違いな紳士が。亡き母を彷彿させる深紅のガーベラと、上品な焦げ茶色の秋桜《チョコレートコスモス》の花束を手に持って。

「……君が、香宮の最後のひとりか。父親によく似てるな」

「どちらさまですか……？」

「名乗ったらきっと、怒られるような人間だよ」

「──海堂の」

「いかにも。君の一族を断罪したのは俺の親父だ」

「なぜ、母の墓前に？」

「彼女に罪はない。悪いのは彼女を誑《たぶら》かしながら姉さんを傷つけた君の父親だ……そして、親父は香宮一族を潰した。生まれてまもない君は知らないだろうが……」

当時の自分は子どもで、彼らを止めることが出来なかったのだと淋《さび》しそうに笑う。

淑乃よりひとまわりは年齢が上だろうが、彼はまだ二十代といっても通用する容貌をしている。海堂一族に、こんな紳士がいたなんて。それも、とっくに捨て置かれた香宮の人間を気にかけてくれるような、お節介な人間が……。

「いまさら蒸し返すような話でもないな」

「いえ……母に花を、ありがとうございます」

「なに。こんなのたいした償いにもならないだろう。東京から逃げた君たちがまさか沓庭まで北上しているとは思わなかったよ……K&Dの本拠地はここだって知っていながら、隠れていたというのならとんだ策士だな」

「この土地を選んだのは、祖母です……でも、海堂一族の本拠地だなんて、知らなかった」

「本拠地とはいえ、今はもう形だけだからね。本社はとっくに東京に移っているし」

「そうなのですか」

「それでも、本家の人間はこの土地を気に入っていて、子どもたちを沓庭の理工学部へ通わせている。俺も卒業生だ」

その言葉に、自分もだと淑乃が答えると、彼は瞳を細めて笑う。

「知ってるよ。沓庭大学人文学部臨床心理専攻の香宮淑乃くん。名簿を見たときにピンときたんだ。この子が最後のひとりだ、って」

「最後のひとり？」

ふふ、と悪びれることなく男はつぶやく。

「なんでもないよ。ただ、お節介ついでにもうひとつだけ」

「……なんですかもう」

香宮の最後のひとり、という不気味な単語を放っておきながら、彼はあっさり話題を変える。

「実は来年四月に沓庭の理工に甥《おい》が入ることが決まってね……海堂朔っていうんだけど」

「新月の夜に生まれたから、朔。ふたつ下の弟は日の出とともに生まれたから暁っていう」

「サク？」

「サクと、アカツキ……」

「いまの海堂グループを率いているのは彼らの父だ。その、朔なんだが、少々潔癖でね。女性に慣れていないところがあって、俺としては心配なんだ」

「はあ」

「そこで、君が話し相手になってくれればいいなあって思ったんだ」

「それ、あたしにメリットあります？」

「海堂の御曹司と親しくしておくぶんには、悪いことはないと思う。もし俺たちに復讐したいのなら、彼を利用しても構わない」

死んだ母親の無念を晴らすには絶好のシチュエーションだよ、とからから笑う男に、淑乃は胡散《うさん》臭そうな視線を向ける。

「ひどいひとですね」

「一族内の後継者争いなんてどこもこんなもんさ」

「涼しい顔で言われましても」

「まぁ、海堂の人間とかかわりたくないって拒否もできるんだし、そこは自分で決めるといいよ」

「……心に留めておきます」

——新月に生まれたサクくん、か。

淑乃の言葉をきいて安心したのか、彼はそのまま去っていく。

後姿を見つめながら、淑乃は問う。

「で。あなたは……？」

「——俺はそんな月の裏側にいるしがない陽光だ。今はまだ、ね」

＊　＊　＊

時計の針は午後五時四十分を指していた。照明を落とされた正面入口には『本日の診察は終了しました』という立て札。自動ドアには『カウンセリングを予約された方はインターフォンでお知らせください』と書かれた白い紙が申し訳程度に貼られている。

受付で外来分の会計処理をしている井森の横で、淑乃は落ち着かない気持ちになっていた。

そんな淑乃を面白そうに見ていた井森が、ふいに訊《たず》ねる。

「彼……よしのちゃんの複雑な事情を知らないんでしょ？」

「まぁ、ね」

淑乃が朔の弟の暁に七年来見守られていることを、同じ職場にいる井森も篠塚も理解している。監視、という名目の方が正しいのだが、朔の子どもを本人に黙ったまま育てていた淑乃の所在を弟の暁に知られて以来、彼が親身になっている姿は職場内では公認の事実だ。

淑乃がシングルでいる理由を夫のDVから逃げ出したからだと勘違いしている篠塚は暁がふたりの傍にいることも快く思っていないようだが、彼が兄に代わってふたりを見守っていることや灯夜が彼になついていることから渋々認めているふしがある。

「篠塚先生には新規のカウンセリング希望予約が入ったことだけ伝えてるよ」

「ん……彼のことは、あたしから伝えるから」

沓庭ガーデンクリニックの常勤医師である篠塚は、三十代でありながら大学病院と行き来することが多い院長に代わりこの診療所を器用に切り盛りしている。病院から淑乃を引き抜いたのも彼だというし、母子寮を出る際に診療所からほど近い場所にある高級マンションの一室を破格の値段で貸してくれたのも彼だったりする。

沓庭の大地主といえば篠塚、とささやかれるほど地元では有名な一族の分家の三男だという彼もまた、医師でありながら高級マンションのオーナーとして多額の収入を手にしている贅沢《ぜいたく》な身の上だ。そして沓庭で事業を起こし全国的企業へ成長したK＆Dの海堂一族とは異なり、地元に根付いた形でいまもなお畏れられている。

そんな篠塚一族の人間が淑乃と灯夜の生活に関わっていることを暁は警戒している。なんせ灯夜は彼を『パパ』だと思っているのだ。本当の父親が別に存在していることを知りながら、灯夜は篠塚に父親的役割を押し付けている。それが、暁を不安にさせているのだろう。彼もまた、灯夜の『パパ』になりたいと淑乃に訴えたのだから。

実際にはお互いに淑乃をめぐって牽制《けんせい》しあっているのだが、本人は灯夜と生活を送るので手一杯で、男たちのその先の願いにはふれずにいる。

ふたりが灯夜の父親的役割をそれぞれ担っていることを許していても、淑乃がどちらかの手を取ってほんものの家族になることを拒んでいるからだ。

なぜなら淑乃にとって、家族になりたいと希うのは……。

「月の裏側で彼らが頑張っていても、重なればその姿は見えないの……」

「よしのちゃん？」

「ううん……篠塚先生の前にまずは、トーヤを説得するのが第一関門だな、って」

淑乃はときどき唐突に不思議なことを口にする。月の裏側とか、勿忘草の花言葉とか。リアリストの彼女が呟《つぶや》くとまるで魔法の詠唱みたいだなと場違いなことを思う井森である。

「よしのちゃんは、すごいね」

「なにが？　あたしなんかより大変な人は世の中にごまんといるのに」

淑乃はきょとんとして井森を見つめる。外来に訪れる患者たちと何年も向き合っている淑乃からすると、自分が抱えている問題などまだまだ可愛いものだと思っている。金銭的に困ることがないだけでも精神的には楽になるものだし、職場や周りには淑乃と灯夜を見守ってくれる協力者もいる。篠塚や暁がちょっかいを出してくるから孤独を感じる暇もない。

それでも物足りないと思うようになってしまったのはなぜだろう。満たされたいと思うようになってしまったのは。

——きっと。ぜんぶ、サクくんのせい。

淑乃が心の中でため息をつくのと同時に、診療所のインターフォンが来客を知らせる。自動ドアの向こうには、ブルーグレーのスーツを来た青年が……この一ヶ月、淑乃が逢いたくて仕方がなかった待ち人の姿が映っていた。

＊　＊　＊

——自分の心の傷を自分で癒やすことができたら、どんなに素晴らしいだろう。

淑乃が心の世界に興味を抱いたのは、精神を病んでいた母親が生きづらそうにしていたからだ。

香宮家の高貴な姫君だった母は、入婿に選ばれた男が死後に重婚まがいの騒動を起こし、向こうの女の親族に逆恨みされ一族の矜持《きょうじ》を奪われた経験によって、変わってしまった。

精神病院に入退院を繰り返していた母に代わり、幼い頃の淑乃は祖母によって育てられた。香宮の家に嫁いできた彼女は、後継ぎとして婿を取らざるをえなかった淑乃の母と異なり、柔軟な思考の持ち主だった。物心ついた頃から「お母さんは病気なんだよ」と憐れみ混じりに言われていたから、そういうものかと淑乃は納得していた。

母の病態は淑乃が小学生になる頃には落ち着いたが、祖母の死後、ふたたび悪化してしまう。思春期まっただなかの娘は母の恨み節を聞くことにも嫌気が差し、彼女と距離を置くようになる。薬の効果があるときだけは正気だが、それ以外のときは淑乃の前で泣くか喚くか酒を飲むかという体たらく。死にたいと叫んで手首を切りつけたり睡眠薬を過剰に飲んで救急車を呼んだり、そうかと思えばふらりと夜の街に出て知らない男を部屋に連れ帰って娘がいるというのに抱き合ったり……淑乃はそんな彼女の尻拭いのせいで、高校生のときに不幸な出来事に遭遇してしまう。

母親が連れ込んできた男に襲われたのだ。

薬を盛られ朦朧《もうろう》とした意識のなか全裸にされた屈辱と身体を引き裂かれるような痛みと絶望は、もう二度と経験したくない類いのもので、淑乃の心と身体は闇に沈んだ。薬によって記憶が曖昧なため、本人のショックは痛みによるものの方が大きかったが、医師から子宮に傷が残っているため将来子どもを妊娠することは難しいだろうと診断されたことが最も悔しかった。

けれど、娘を傷つけられたことで母親は自分の罪に気づき、その日を境に男遊びに興じることはすっかりなくなった。男は女性に非道な行為をする常習犯だったらしく、高校生の淑乃に手を出したところを母に通報され、あっさり警察に捕まった。

淑乃はこの事件を機に実際の心理カウンセラーと知り合い、自分の体験を少しずつ昇華していった。高校時代は友人を作ることもできずにいたが、父親譲りであろう持ち前の楽観的な性格が良い方向に出ていたらしく、自分も心理学の道に進みたいと勉学に励み、志望校に現役合格することができた。

とはいえ、母との仲は冷えきっていた。裏切られたという心の傷だけは、どうしても癒やせなかったから。

——その母が死んだことで、自分の憎しみは虚空に放り出されてしまった。

事故の報せは馴染《なじ》みのケースワーカーから届いた。

母と喧嘩《けんか》別れするような形で一人暮らしをはじめた淑乃にとって、彼女は母との唯一の架け橋となる存在だった。駅前の交差点で車が暴走し母が巻き込まれたと。首の骨を折り即死だったという。淑乃は自分が襲われたとき同様に、どうしようもない気持ちに陥った。運が悪かった。自分のせいではない。そういった言葉を呪文のように唱えて、感情に蓋をして母を弔った。いつか怒りや悲しみが溢《あふ》れ出てくることを理解していても、そうすることでしか対処することができなかった。

大学で心理学を学んでいてもなかなか身が入らなかった。自分みたいな人間が他人の心の傷を癒やすなどできるわけがない、そんなふうにやる気をなくしていたのを見て、教授が統計学を勧めてくれた。感情と向き合う以前の、数字による解析。心理テストの土台となるサンプルの集計。単調なものだが、淑乃は与えられた課題に取り組むうちに、少しずつ回復していく。

女子寮で知り合った芸術学部の子にサークル活動を勧められ、自由気ままに絵や彫刻を楽しむようになったのもこの頃だ。自分で描いたり彫ったりするというよりは鑑賞して作家の深層心理を探るという独特の楽しみ方をしていたが、仲間からは好評で、淑乃の趣味に美術館通いが加わった。

大学生の作品はもちろんのこと、地元の中高生の美術工芸品も何度か見る機会があり、そこで当時の自分を彷彿させる絵を見つけて驚いたこともある。あれはたしか、地元の中学生が北国の夜を描いた作品で「極夜」なんてシンプルなタイトルがついていたっけ。

——一日中、夜の世界。

ずっと明けない夜の中でがむしゃらに生きているのは、あたしだけではないのだなと、密かに安心した記憶がある。

そして母の一周忌。

墓前に花を手向けた際に出逢った男によって、淑乃は海堂朔に興味を抱く。

どうせ子どもを作れない身体だ。いまさら他の男とどうこうする気もない。それならいっそ、母が死ぬまで恨んでいた海堂の男を誘惑してやろうか……。

＊＊＊

沓庭ガーデンクリニック、第一診察室の隣に位置するカウンセリングルーム。

夕方六時のチャイムよりすこし早めに来た朔は、井森がいる受付で素直に問診票に記入し、淑乃との一対一のカウンセリングを一時間行う権利を見事に取得した。日が暮れたので窓はカーテンが閉められており、明るい雰囲気のカウンセリングルームの中も今は橙色の蛍光灯のひかりだけがぼんやり浮かぶ物寂しい空間になっている。

淑乃は白衣を着てびしっと背筋を伸ばし扉の前で待っていたが、向こうから現れた朔の大人になった姿に絶句する。なんせ大学生のときの彼しか知らなかったから、今の社会人になった彼のスーツ姿をまじまじと見たのは初めてだ……改めて惚《ほ》れ直してしまうほどの破壊力があった。

「遅い」

ブルーグレーのスーツを着込んだ朔に抱きついて、淑乃は高鳴る鼓動を抑え込みながら言葉を紡ぐ。

「……すまない。本当ならもっと早く逢えると思ったのだが」

淑乃が強がりなヒトコトを発すると、朔は素直に頭を垂れる。心から詫《わ》びている様子の彼を見て、思わず淑乃も彼のスーツの裾を握りながら口を滑らせてしまう。

「あたしだって逢いたかった」

「八年間音信不通だったくせに」

「あれはアカツキくんが……っ」

「俺の前で他の男の名を口にするな」

スマートに口づけられて、何も言えなくなる。

話したいこと、話さなくてはいけないことがたくさんあるのに。

「どこから話せばいい？　与えられた時間は一時間しかないんだろう？」

朔は「一時間しかない」と焦りの表情を見せている。そうだ、今の自分たちは学生時代のように夜遅くまでお喋《しゃべ》りに興じられないのだ。我に返った淑乃はかつての恋人の前で素に戻ってしまった自分を諌《いさ》め、ビジネスライクな口調で井森から渡されたカルテを読み上げる。

「……婚約者に逃げられて以来、精神的に追い詰められている、ね。婚約者に逃げられるって……サクくんらしいわ」

「うるせえ」

「住所が沓庭になってるけど、大学出てから東京で暮らし始めたんじゃなかったっけ？」

「越してきた。よしのがいるから」

さらりと爆弾発言をする朔を無視して、淑乃は淡々と続ける。

「……家族構成は会社経営者の父と、ふたつ年下の弟。お母様を早くに亡くされて」

「俺が小学生の頃な。暁はまだ幼稚園児だった」

「それ以来、叔母さまがふたりの母親代わりになった、と」

その母親代わりの叔母、光子と婚姻関係にあった男こそ、海堂と香宮の一族の間に亀裂を入れた淑乃の父親である。

淑乃は光子と実際に逢ったことはない。しかし光子は、夫が彼の死んだ兄の名前を騙《かた》って結婚していながら海堂の金に目が眩《くら》んで自分とも結婚し、死ぬまで嘘《うそ》を貫き通した男の存在を今は最初からなかったかのように扱っているという。父親が男の一族を断罪したことについては当然だというが、香宮の人間については巻き添えを食らっただけだと思っているようで、同じ女性として淑乃の母のことを哀れんでいたときく。

「あと、俺達には兄代わりのような叔父もいて……昔は仲が良かったんだが、今は後継者候補として互いに争う立場になっていて」

「……その話は初耳だわ」

——いや、淑乃はどこかできいたような、と首を傾げ、朔を見つめる。

彼はK&D代表取締役兼CEOの長子として、将来社長の椅子が約束されている御曹司。けれど、婚約者に逃げられたことで彼の立場は海堂グループ全体から危ぶまれているのだという。後継者にするなら朔よりも弟の暁の方がいいのではという声があがっているという噂《うわさ》もある。そして、もうひとり彼の立場を脅かす存在が……そういえば、母の墓前に花を手向けてくれたあのひとが自ら口にしていたではないか。自分は月の裏側にいるしがない陽光だと。海堂朔という男に復讐しないかと淑乃を唆《そそのか》した……。

「現K&D取締役兼COOの海堂陽二郎。暁なんかよりも食えない、海堂グループ一腹黒い男だ」

＊＊＊

大学一年の晩秋。

淑乃は母の死によってひとりぼっちになってしまったが、教授をはじめサークルの仲間によって孤独を乗り越えていく。

ときどき過去の亡霊が淑乃の前に現れるが、感情を無にすることでやり過ごしていた。傷つけられた身体もすでに問題なく、ほぼ元通りの状態に回復していた。心の傷まではさすがに完治できなかったけれど。

入学時に医師から性行為を行うことについてとっくに許可をもらっていたが、実際に肌を許したのは大学一年の冬のことだ。いまさら貞淑でいることもできず、母の死を慰めてくれた同級生と身体を重ねた。自分が怖れていたほどのことはなく、逆に心地よかった。

母の死から半年くらいはその男の肌に甘えて自分を慰めた。彼は優しかったが、本命の彼女が別にいた。だから淑乃は本気になる前に自らピリオドを打った。

自分のような厄介な身の上の女など、恋人にしたところで重たいだけだ。将来を見据えて本気で恋愛することなど無理だと、淑乃は二十歳になる前に悟っていた。

そんなときに出逢った男——海堂陽二郎。彼は甥である海堂朔を誘惑し、復讐してみないかと悪魔のように淑乃に囁《ささや》いた。なぜ淑乃にそのような提案をしてきたのかはわからないが、興味を抱かせるのには充分だった。なんせ、失敗したところで失うものはなにもないのだ。接点がない限り、人文学部にいる二学年上の自分と理工学部へ進学するという彼が広大な総合大学で落ち合うことは難しい。どうすれば自然に接触することができるだろうか。自分たちの因縁を隠した上で。

――出逢いを演出するなら、春、サークル勧誘で周りが忙しいときに限る。

大学三年の春、淑乃は女子寮から民間のアパートへ引っ越した。引っ越しの際に仲間と宴会を開き、互いに新入生をどうサークルへ引き込めばいいかを話し合った。寮の前でビラを配るのは定番すぎるから、もう少し目立つことをしたいと淑乃が助言を求めれば、目立つ格好をすればいいと単純明快な回答が届く。たぶん酔っ払っていたのだろう、そうでなければあんなバカげたアイデアを出すわけがない。そして自分も酔っ払っていた。それは認める。

『よしのちゃんは白衣着て酒盛りしてるだけで新入生男子簡単に引っ掛けられるって！　オトナのおねーさんと一杯どう？　なんて』

そして実行したのだ、愚直にも。

＊　＊　＊

カウンセリングルームの長机を隔てて向かいあう形で椅子に座った朔の言葉に、淑乃は啞然《あぜん》としていた。

「――海堂、陽二郎……月の裏側のひと」

「よしの？　叔父のことを知っているのか？」

朔の言葉が淑乃を十二年前の春に引き戻す。

はじめて朔を見つけたとき。あの紳士が若かったらこんな感じなんだろうな、と漠然と思った記憶がある。

そして彼が寮に暮らしはじめたのを確認してから、計画を実行した。今思えば考えなしな誘惑である。アパートに連れ込んで、それっぽい嘘をついて慰めろと女性経験のない先月まで高校生だった男子相手に必死になっていたのだから。

「……母の墓参りに来ていたわ」

だからといって海堂の人間が香宮を陥れた現実は翻らないのだが。淑乃は観念したように呟く。

「春に甥が沓庭に入学するから、話し相手になってくれって……なんなら復讐に利用してもいいって」

「なんだよそれ。よしのは叔父に俺のことを知らされたから、俺に興味を持ったのか？」

「うん。なんだか手のひらの上で転がされていたみたいだけど……あたしはそのおかげで、サクくんに逢えた」

陽二郎に唆されなければ、自分はきっと朔と知り合うことも、彼と恋に堕ちることもなかっただろう。

それに、子どもを妊娠することは難しいだろうと言われていたのに、奇跡が起きた……彼との間に子どもを作ることが叶《かな》ったのだから。

ただ、朔にとっては香宮の娘とのあいだに子どもができるなど、不都合なことでしかないと思った。

それでも妊娠に気づいたとき、堕胎することなど考えもしなかった。嬉しかった。絶対に産むと決めた。彼の前から姿を消してしまえばなんとかなるだろうと……相変わらずな考えなしの行動で周囲に迷惑をかけまくって。

——結局、露見《バレ》ちゃったけど。

「今、サクくんの周りが大変なことになっているのはわかるよ。それなのに、あたしに逢いに来てくれてありがとう」

晴れやかな表情で言葉を紡げば、朔は黙り込んでしまう。追い打ちをかけるように淑乃はさらに言葉を重ねる。

「今の彼がサクくんを脅かす存在になっているというのなら……手伝いたい」

「よしの。それは本当か?」

「放っておけないもの。それに、サクくんを脅かしているのはひとりだけじゃないでしょう?」

もうひとり、新月を脅かす太陽がいる。朔の弟の、暁だ。

淑乃と灯夜を監視しつづける暁が何を考えているのか、朔に代わって社長の椅子を奪おうとしているのか、それはまだ、わからないけれど。

「……あたしが個人の連絡先をサクくんに残さなかったのには、理由があるの。きっと、もう、気づいているだろうけど」

「まさか、暁が……？」

こくりと頷《うなず》いて白衣のポケットから携帯電話を取り出すと、ウウウ、という威嚇するような音が鳴る。午後六時四十五分のアラームだ。

そして『今夜は残業？』と職場から動かない携帯電話の位置情報を見ている暁からのメッセージを見せられて、朔が困惑の表情を見せる。

「アカツキくんは、あたしとトーヤを監視している。この七年間、ずーっとね」

＊＊＊

大学三年の春に新入生の朔をぎこちなく誘惑した淑乃は、顔を真っ赤にしながらも一生懸命になって自分を気持ちよくさせようと努力する彼の姿に戸惑いを隠せなかった。慰めてほしい、という彼女の望みを真に受けた朔は、自分が復讐の駒に利用されている可能性を理解しているにもかかわらず、窓の向こうから月明かりに照らされた八重桜よりも目の前にいるミステリアスな淑乃に夢中だ。胸を堪能していたかと思えば、おもむろに脚をひらき、ショーツの上からおそるおそる花の蕾をなぞっていく。

「……よしの、せんぱい」

「いいよ。つづけて」

拙い愛撫《あいぶ》を繰り返していた朔が可愛くて、淑乃は思わずくすりと笑ってしまう。本当に経験のない、初心な男子なのだな……自分とは大違いだ。

性犯罪に巻き込まれた淑乃にとって、セックスという行為自体に愛という目に見えない感情が入り込む余裕など今まで存在しなかった。母の死をきっかけにほんのすこし身体の関係を持った同級生との間にあったのは、愛というよりも哀。彼が自分に持っていたのは同情で、愛情ではない。淑乃もまた、孤独を和らげ気持ちよくしてくれたことに感謝はしても、行為の最中に愛があるとは思わなかった。

なのに彼、朔は……自分が思っていたセックスの常識をひっくり返してしまった。セックスは、男と女が繋《つな》がって男が気持ちよく女の中へ精子を吐き出すことで成立する。なのに彼はまるで研究しているかのように淑乃の身体を熱心に撫で回すだけ。

酔っぱらったふりをして自分から彼をけしかけておきながら、淑乃は朔に胸を揉《も》まれ、吸われながら丁寧に下半身をなぞられていくうちに、いつしか甘い声をあげていく。身体が熱いのは、お酒とキレイな桜のせい？　こんなに身体が疼くことなんて、今までなかったのに……。

「ふっ、ぁん……っ」

「猫みたいな鳴き声ですね。ここ、気持ちいい？」

「ん……もっと」

「じゃあ、脱いじゃいましょう。そうしたら、もっと気持ちよくできると思います」

淑乃が舌を絡めるキスで応じると、朔が対抗するように彼女の湿ったショーツを脱がす。もう片方の手は、相変わらず乳房をまさぐっている。

メスの匂いを漂わせる秘密の花園を前に、朔が酔っぱらいのように顔を赤くする。

「気持ちいいと濡《ぬ》れるって、ほんとうなんですね」

「……そんなに、見ないでよ」

恥ずかしいと淑乃が小声で反抗するが、朔は興味津々のようで、ぷくりと膨らんだ秘芽を指の腹でつんつんと刺激する。その途端、電流が走り抜けるような錯覚に陥り、淑乃が媚鳴をあげる。

「この敏感な場所も、ぬるぬるにしてあげますね」

「ひゃ……あぁん！」

「かわいい声……もっと、聞かせてください」

「んっ……ソコ、っだめっ」

「だめじゃない、先輩のココ、もっと悦ばせて……俺の手でイってほしい」

「はぅっ」

秘芽を弄りながら彼はもう一方の手で淑乃の右乳首をきゅっと捻り、左乳首に舌を這《は》わす。この数分で淑乃の敏感な場所を探し出した彼は容赦なく彼女を責め立てていく。

きっと彼も淑乃の痴態に酔っているのだ。そうじゃなければ、こんな風に見知らぬ女を絶頂に導こうなど考えないはず。

「サク、く……ん」

「俺、初めてだから。たくさん満足させられるかわからないけれど……」

「も、もぅいいから……ちょうだい……っ」

朔の手と口で達する寸前まで追い詰められた淑乃は、はしたないと思いながらも彼のズボンのベルトに手を伸ばしていた。

触れられていないナカが疼いて疼いて仕方がない。指だと届かない奥まで、彼の興奮した屹立を一息に埋めてほしい。その一心でおねだりした淑乃の前で、朔が驚きの表情を見せる。

そして。

「だめですよ。先輩まだイってないでしょう？　さんざんイかせてどろどろにしたら、俺がナカまでしっかり、挿入してあげます」

悪魔のような笑みを浮かべて、裸にした淑乃をさんざんいたぶって啼《な》かせた後。

あろうことか彼はコンドームの付け方がわからないと淑乃を呆《あき》れさせたのである。

＊　＊　＊

「暁が、よしのを監視している？」

「あたしがトーヤをこっそり産み育てていたことを知って、サクくんに黙っている代わりに……」

「それで、暁の言うことを聞いていたのか？」

思わず声を震わせる朔の前で淑乃はあっけらかんとした表情で「そうだよ」と笑う。

「位置情報と連絡先のデータ、通話履歴、メールによるやりとりが抜き取られて向こうに随時送られているみたい。盗聴の機能がないだけ良心的じゃない？」

「いやそれ犯罪だろ……なんで」

「アカツキくんを犯罪者にしたくなかったの。サクくんが婚約者と結婚するまでの期間限定だって言っていたから」

「アイツ……」

「それに彼は、あたしが香宮の最後のひとりであることを気にかけて、ほかの海堂一族から守ってくれた」

その言葉に、朔が言葉を飲み込む。次期社長と目されている朔が、海堂一族の因縁の相手である香宮の娘との間に子どもを作っていたという事実が一族のほかの人間に知れ渡ったら、灯夜は淑乃と引き離されて海堂の後継として連れ去られてしまう可能性がある。

高貴な家柄だった香宮の娘は成り上がりの海堂一族にとっては目の上のたんこぶのような存在だが、朔の血を引いた男児の存在が明らかになったら、子どもだけを手に入れようと時代錯誤な重鎮たちが何をするかわからない。

「……だけど、サクくんの結婚が失敗したから、もう、アカツキくんの言うことを聞くのはやめる。悲劇のヒロインぶるのはあたしの性に合わないもの」

亡き母は最期まで悲劇のヒロインを体現したような人だった。壊れていく母を身近で見ていた淑乃は、自分まで壊れてしまうのではないかと恐怖を感じていた。一度は壊れそうになったけれど、カウンセラーとして生きていくと決めて、愛する朔が授けてくれた灯夜を守ると決めて、強くなったのだ。

息子を守るために暁の言うことに七年間従っていた淑乃だが、彼の言う「朔と婚約者の結婚」は失敗した。そして朔は今も淑乃を愛していると、結婚したいと言ってくれた。厄介者の香宮の娘である淑乃を今も変わらず求めてくれている。

これ以上、自分の気持ちに嘘はつけない。たとえ暁を傷つけることになっても……。

「──悲劇のヒロインはふたりもいらない」

「よしの……？」

「ううん。なんでもない。一時間のカウンセリングじゃ、全部話せないな、って……」

淑乃は壁に掛かっている時計の針を睨《にら》みつけて、苦笑する。

彼をカウンセリング室に迎え入れて、もう五十分。暁からの残業を心配するメッセージはいつも七時前に届く。職場にいることは認知できているだろうから、診療所を閉めたあと息子を預けている学童に向かい、マンションに戻ればこれ以上彼からの連絡は来ないだろう。

けれども淑乃は、そのいつもの動きをすることを躊躇《ちゅうちょ》していた。

せっかく朔が時間を割いて逢いに来てくれたのに、少ししか話せていない。もっと彼と、これからのことを話したいのに……。

「今夜はこのあと、どうするんだ？」

そんな淑乃の考えを見抜いたのか、朔がぽつりと言う。また来週、カウンセリングで、と口にしようとして、淑乃は言葉を詰まらせる。彼は忙しいひとだ。そう毎週同じ時間にここに来るのは大変なはず。

「……学童にトーヤがいるから、彼を迎えに行って、マンションに戻るだけ……だけど」

――息子と逢ってほしい、と口にしようとしていたにもかかわらず、淑乃は思わず本音を漏らしていた。

「延長は最長九時までだから……サクくん、もう少しだけあたしに時間をくれる？」

＊　＊　＊

地下へ続く階段を降り白木の扉をひらくと、壁のあちこちに極彩色の絵画やアート作品が無造作に飾られている無秩序でありながら魅力的な空間が拡がっていた。

アートカフェ＆レストランバー『ホワイトチョーク』。

そこは学生時代から淑乃が通っている無名の芸術家たちの作品を楽しめるアトリエ兼食事処である。

この店を切り盛りしている夫婦も大学卒業生で、一部の学生たちの隠れ家的存在として認知されている。淑乃もサークル仲間と何度か足を運んだことがあり、大学院を卒業してからも年に数回灯夜と一緒にご飯を食べに足を運んでいた。

「あら珍しぃ、よしのちゃんがオトコつれてくるなんて。トーヤくんは？」

「学童の延長お願いしてきちゃった。奥空いてる？」

「ガラガラよ。好きな場所使って」

「りょーかい」

朔は淑乃に案内されるがまま、この隠れ家風の店に足を踏み入れて、絶句している。大学のすぐ近くにこんな店があったことに驚いているらしい。背の高い観葉植物と謎の狸《たぬき》の置物が複数並べられている奥の黒いテーブル席を選んだ淑乃は、店長の好奇心丸出しな視線を無視して「いつもの！」と注文する。

「……ここは？」

「サクくんは来たことなかったよね？　学生時代サークル仲間と打ち上げで使っていた店」

「ああ、はじめて来たよ。暁は？」

「アカツキくんはそもそもこの店を知らないよ。彼は劇団の人だったから。いまはあたしとトーヤがときどきご飯を食べに来るだけ」

そう言って、壁面を眺める朔を面白そうに見つめながら淑乃は説明する。

淑乃は学生時代『アート集団ナヒト（正式名称アートな人）』に所属していたが、朔が入学してきたときにはすでに大学三年生。就職活動で忙しくなりはじめた仲間とだんだんと距離を置くようになっていた。せいぜい文化祭のヘルプで後輩を手伝ったり暁が所属していた演劇集団の舞台美術に口を出したりしていた程度だから、朔は淑乃がサークルで精力的に活動していた過去を知らない。ただ、彼も絵を見ることは嫌いではないのでこういった店に連れて行っても抵抗されないだろうと淑乃は思っていた。

けれども今夜彼女がこの店を選んだ理由はそれだけではない。

――このことを知ったら、アカツキくんは発狂するかな。

この『ホワイトチョーク』は、雑居ビルの地下にあるので、GPSが位置情報を受信しないのだ。もともとアート作品を堪能できるよう電波が入りにくい構造になっているため、淑乃が携帯電話を持っていても位置情報が更新されず、大学敷地内にいると誤解させることができる。

ただ、今日は念には念を入れて、淑乃は自分の携帯電話をあえて白衣のポケットに入れっぱなしにして、職場に置いてきた。これですこしは時間稼ぎができるはずだ。

ここに朔を案内したのは、彼の元に暁から連絡が入るのを恐れたから。暁は一度だけ逢いたいと願った淑乃の言うことをきいてくれたが、その後も暁に隠れて淑乃と朔が逢ったことを知ったら、何をするかわからない。

「お待たせしました。ほうれん草とチキンのクリームパスタとピッツァマルゲリータです。お飲み物はジンジャーエールでよろしかったでしょうか？」

「あたしはそれで構わないけど、サクくんは？」

「……俺はコーヒーで」

「かしこまりました」

閉院作業があるからと井森は淑乃と朔が一緒に出ていくのを見送ってくれたが、暁の兄で灯夜の父親である朔をまだ完全には信用していないようだった。それもそうだろう、八年間音沙汰なしの恋人が突然職場に来たのだから。実際には暁が邪魔して彼との再会を阻んでいただけなのだが、そこまで説明する余裕もなかったため、井森からすれば朔は悪い男に見えてもおかしくない。

とはいえ今回は朔を想う淑乃の味方だと言ってカウンセリングの時間と篠塚がいる外来の時間をずらしてくれた。名目上は婚約者に逃げられて抑うつ状態になった患者のカウンセリングとフォローアップ。朔が来る前に事情をきいた井森も婚約者に逃げられた話が真実だと知って「嘘みたいね」と驚いていた。結婚の失敗が引き金となって朔は今も淑乃を諦めきれていない現実と向き合うことになったわけだが、井森が「遅すぎる！」と淑乃の代わりにぷりぷり怒ってくれた。彼が灯夜の存在を知らないまま生きてきたことを知ってさらに憤る井森に、淑乃の方が慌てて事情を伝えて宥《なだ》めたほど。

「俺、受付の子に悪いことしちゃったかな……当日に予約入れて」

「そんなことないよ。忘れたり遅れて来たりする患者さんも多いから。ただ、イモリちゃんは素直な子だから」

「……睨まれた気がする」

「あたしと一緒に出ていったから、これ以上悪いことしないように睨んだだけでしょ」

「なんだよ悪いことって」

「んー、ヤリ逃げ……？」

「待て。逃げたのはよしの方じゃないか。それは濡れ衣だ！」

「そうなんだよね。でも、周りからするとかなりヒドい男に見えるんじゃない？」

「まいったなあ」

「で、でもイモリちゃんはあたしの複雑な事情を知ってるから、仕方なかったことは理解してるよ、たぶん。今回も彼女のおかげでアカツキくんの目を盗んで逢えたわけだし」

それでも逢瀬《おうせ》のために毎回井森に手伝ってもらうわけにはいかない。今日は篠塚が五時あがりだったからよかったものの、彼と朔が鉢合わせたらそれはそれで面倒なことになるのが目に見えている。

まあ、どっちにしろいつかは知られてしまうことだと淑乃はあたふたする朔を見つめながら学生バイトらしき若きウエイターが運んできたジンジャーエールにストローを入れる。さすがに子どもを迎えに行く前にアルコールを頼むほどダメな親ではないのだ。

「ここなら、時間いっぱいまで誰にも邪魔されないよ。サクくん。話の続きを聞かせてよ。

あたしがいなくなってから八年、何をしていたの？」

「さっきも話したけど、大学卒業して三年くらいは全国各地の現場をまわっていた。その後は東京本社で社長秘書について」

「――もし、父親が選んだ婚約者に逃げられなかったら、きっぱりあたしのこと諦められた？」

「……わからない」

パスタを取り分けながら淑乃は朔の表情を観察する。

ふだんからあまり感情を出さない朔の本心を読み取るのはそう簡単ではない。淑乃が姿を消してからの八年間、彼はさらに心に鎧をまとうようになっていた。仕事に没頭することで、恋人が消えたことを忘れようとした結果だろう。

「わからないけど、淑乃のことを忘れたことはなかった。たしかに不誠実な男だな」

婚約者とあのまま結婚していたら、確実に不誠実な男の烙印《らくいん》を押されたことだろうと朔は自嘲する。

淑乃と別れてからほかの女性と関係を持たないまま年ばかり重ねたかつての恋人は、学生時代の青さを残しながらも男としての色気を増していた。「寄ってくる女性も多かったでしょ」と茶化すように訊いても彼は首を横に振るばかり。

「肩書き目当てで近寄ってきたのはいたけど、そういう女は弟にも声をかけていたし、父親が選んだ婚約者がいると知れば怖じ気づいて離れていったよ」

「ふうん。その婚約者って年下だったんでしょ。女子大出たばっかりって言ってたけど」

「ああ……暁からきいたのか」

「まあね」

「けど、結局彼女は俺なんか相手にしないでずっと傍にいた執事と駆け落ちした。あれはなんというか憑《つ》き物が落ちたような気分だったな」

　パスタとピザを交互に食べながら、朔はあっけらかんと口にする。まるで、婚約破棄されたことは別にショックでもなんでもないのだと淑乃に言い訳するかのように。

「そういうよしのこそ、大変だったんじゃないか……俺に黙って出産って」

「それは、ごめん」

「ごめんって」

　そんな軽く謝られても、とたじろぐ朔に、淑乃はくすりと笑う。

「だって、サクくんとのあいだに子どもができたのは……奇跡だったから」

「――ごめん」

　淑乃が高校時代に経験した壮絶な過去を、朔は知っている。そのことを思い出させてすまないと申し訳なさそうな顔をする彼に、淑乃は静かに首を振る。

「ううん。あたしの方こそ、トーヤのこと勝手にいろいろ決めちゃって……」

「俺がいない夜でも明かりを灯せるように、ってよく名付けたな。もう俺は不要なのか？」

「何言ってるの。父親を超えるように、って願いを込めただけじゃない。それとこれとは話が別よ」

「どーだか」

「このあと……一緒に学童まで迎えに行く？」

「よしのが許してくれるなら」

コーヒーを味わっていた朔が悪戯っぽく笑う。ふたりで分け合ったパスタとピザの皿はあっという間に空になっていた。

時計の針は午後八時半。店を出るにはちょうどいい時間だ。淑乃は「許すも何もないでしょ」とジンジャーエールを飲み干してから立ち上がる。

テーブルからはなれる際に壁にかけられた黒い絵画がかたりと揺れる。朔が慌てて淑乃の前に両手を伸ばしてその絵が落ちないように支えると、自然と彼女を囲うような形になってしまう。

「……サク、くん」

「よしの。次はいつ逢える？　職場を介して連絡するのは大変だろう？　暁には俺の方から話すよ。バカなことはやめろって」

「でも」

「こういうときくらい、俺を頼れよ。それ以上口答えするなら、黙らせるから」

「サクく……ンっ」

「──今度逢うときは、身体のすみずみまで愛してやるよ」

壁から落ちそうになっていた絵画を両手で支えたままの朔に口づけられて、淑乃は身動きが取れなくなる。

幸い、観葉植物の葉の陰に隠れているから、ふたりが壁際でキスしている姿は人目にはつかない。それでも恥ずかしい、けれど……。

観念した淑乃は彼の背中にそっと手をまわして、ジンジャーエールと苦いコーヒーが混ざったキスに溺れることにした。

＊　＊　＊

杳庭大学付属病院と市立小学校の中間に位置する杳庭サポートクラブには親が仕事で夜遅くまで家にいない小学校一年生から六年生までの二十人の子どもたちが平日の放課後から最長夜九時まで預けられている。基本的には夕飯前の時間にお迎えが来る子どもが殆《ほとん》どだが、大学教授や病院関係者など不規則な勤務体系で働く親も多いため、延長手続きを行えば同じ建物内にある中華料理店からケータリングで食事をとることが可能になる。今夜のごはんは青椒肉絲と白いごはんに卵スープ、ちいさな杏仁豆腐のデザートもついていた。

ふだんから夜遅くまで働いている親を持つ子どもたちは嬉しそうに食べているが、慣れていない七歳の灯夜は、不安そうな表情をしている。

学童指導員の三澤理絵《みさわりえ》は灯夜の箸を持つ手が動いていないのを見て、苦笑を浮かべる。

遅くても七時半に迎えに来る母が九時まで仕事なのだ。ふだんなら夕飯前に帰れる彼は、自分がこの場にいることに戸惑っているようだった。

「珍しいわね、お母さんが残業だなんて」

「……ん」

真っ黒な艶のある髪と黒曜石のような瞳を持つ灯夜は、はたから見ると心理カウンセラーの母、淑乃によく似ているが、お喋りな母と違い、男の子だからか必要最低限のことしか話さない。生まれた頃から母ひとり子ひとりで過ごしてきたこともあり、人見知りが激しいだけだと言っていたが、いつもと違う状況になると更に寡黙になるらしい。

それでも理絵に声をかけられたからか、もぐもぐと口を動かしはじめる。食欲はあるようで、白いごはんをぺろりと食べたかと思えば「おかわり、したいです」と要求する。不器用な彼の様子を見て、理絵は笑って応える。

「いいわよ。たくさん食べて、お母さんが帰ってくるの待ってましょうね」

「……ママ、帰ってくる？」

「帰ってくるわよ。どうしたの？」

急遽《きゅうきょ》、片付けないといけない仕事が入ったため延長をお願いしたいと理絵の元に電話連絡がきたのは今夜七時頃だ。彼女は素早く手続きを行って、九時までには迎えに行きますと申し訳なさそうに言って電話を切っている。民間学童ではよくあることだが、子どもからすれば突然の残業は不安で仕方ないだろう、なんせ灯夜はまだ二年生になったばかり。

「あのね、ぼくのママ、春休みにね」

デザートの杏仁豆腐をちびちび食べながら、灯夜はぼそぼそと口をひらく。

それは、春休みに自分を職場の人に預けて知らない男のひとと朝まで帰ってこなかったという、子どもにトラウマを与えるには充分な出来事。理絵はあのお母さんが？　信じられないと顔を強張らせるが、灯夜はうん、と首を縦にぶんぶん振っている。

「理絵先生。きっとママ、あの男のひとと一緒にいるんだ。ぼくがいると邪魔だから……」

「お母さんにもなにか事情があるはずよ。もし、灯夜くんを仲間はずれにするようなら理絵先生がお母さんをちゃんと叱ってあげますからね」

「ほんとう？」

「ええ」

灯夜を宥めながら、理絵は思案する。

淑乃は三十二歳の若いシングルマザーだ。男性と関係を持つこと自体は悪いことではないが……いや、本当にただの残業なのかもしれないけれど。

灯夜が言っていることが本当なら、もしかしたら彼に新しい父親ができるのかもしれない。けれど、彼にはすでにパパと呼べる存在がいたはずでは……？

そのことを理絵が思い出した瞬間、インターフォンが鳴った。

誰だろうと首を傾げながら扉を開けると、そこには。

「トーヤくんいますか？　お母さんの携帯と連絡つかなくて……」

「か、海堂さん？」

「暁おにーちゃん！」

理絵の驚きの声と、灯夜の声が学童クラブ内に響く。ときどき淑乃と一緒に灯夜を迎えに来る彼がひとりで現れたことに、理絵はごくりと息をのむ。

「よしのさんがいないんです！　位置情報は診療所で止まったままだから、残業しているのかなと迎えに行ったらそこはすでにもぬけの殻で。マンションにも誰もいないし、おっちゃんも朔兄も連絡つかない……だけどトーヤが学童にいるってことは」

「ちょ、ちょっと待ってください。香宮さんでしたら本日残業になるから九時まで延長するって連絡が」

「――やられた！」

「海堂さん？」

沓庭で知らない人間はいない海堂一族の御曹司のひとりが取り乱している。それより位置情報って？　彼は淑乃をストーキングしていたのか？

青くなる理絵を無視して、暁は瞳をギラギラさせながら灯夜へにじり寄る。

「トーヤ。ママはきっと朔兄……俺のお兄さんのところだ。春休みに逢っただろう？」

「ん」

「俺と先におうちに帰ってママを驚かせてやろう。もう夜遅いからトーヤはねんねかもしれないけど」

「しない」

「それは俺と一緒に帰るのがイヤなのかな？　――三澤さん、よしのさんが来たら海堂が連れて帰ったって伝えておいて」

「困ります海堂さん！　保護者ではない方のお迎えは事前に連絡がないと」

「トーヤくんのためだと思って、ここは譲ってくれませんか？　俺は将来彼の父親になる男ですよ」

「ちがう」

暁の強引な態度を冷ややかに拒絶する灯夜を見て、理絵は目を丸くする。子どもは冷静にこの場を分析している。そしてどう動けばいいかも弁えている。この寡黙な少年は、おにーちゃんが誘拐犯になる可能性も理解しているのだ。将来父親になると豪語している彼が自分の母を女性として求めていることを、そして母親が彼をそのように見ていないことを知っているから。

「ぼく、ママを待つよ。暁おにーちゃん、パパじゃないし」

「……トーヤ」

「ここでのルールに従わないと。だってもうすぐママ、来るんでしょ？」

賢い少年の鈴の音のような軽やかな声に、理絵が頷けば、それを見て観念したのか暁がため息をつく。

「ああ……そうだな」

七歳の子どもに諭されて、スーツ姿の青年がうなだれている。さきほどまで興奮していたのが嘘みたいにしょぼくれてしまった暁を見て、理絵は呟く。

「あの、お茶を入れますので……灯夜くんと一緒にお母さんの帰りを待ちましょう」

すべてを理解することは難しいが、理絵はひとまずこの状況を落ち着かせようと暁を留まらせる。

なんだかとても厄介なことになった気がするが、しょせん自分は無関係な第三者だ。淑乃が誰を灯夜の父親にしようがしまいが首を突っ込むことはできない。

ただ。

できれば灯夜が幸せになれる選択をしてくれればいいと、漠然と思うのだった。

＊　＊　＊

淑乃と朔が店を出たところで、朔の携帯電話が震えだす。電波が通じていなかった地下から外に出たため、通知が一気に届いたらしい。ポケットから取り出して画面を確認すれば、そこには同じ名前がずらりと並んでいる——海堂暁。

「うわ……不在着信が三件に、メールでの安否確認が五件、メッセージアプリにも同じ内容が入ってる……」

どんよりする朔を見て、淑乃も呆れた顔をする。この様子だと篠塚や学童にも連絡がいっているかもしれない。はぁ、とため息をつく淑乃に朔が訊ねる。

「もしかして、いつもこうなの……？」

「ここまで激しいのは久しぶりだわ。あたしの所在がわからないのが気に食わないんでしょうね」

「弟が……すまない」

「ほんと。過保護な監視役がいたからほかの男の人と恋する暇もなかったわ……なんて冗談よ、拗ねないの」

「拗ねてない……でも、さすがにこれはやりすぎだ」

朔もまた、ふたつ年下の弟の暁が淑乃に惹《ひ》かれていたことには気づいていた。学生時代暁は誰よりも朔と淑乃の恋がこのまま成就することを願っていたが、淑乃が姿を消して以来、兄に代わって執拗に彼女を探す姿に危惧を覚えたのは確かだ。

そして隠れて出産した淑乃を見つけてしまった。暁がそれを見てなぜ監視に走ったのか、朔は今も理解できないままだ。

「アカツキくんはあたしがサクくん以外の異性とつきあうことを良しとしてなかった。あたしのなかでサクくんの思い出が昇華されるまで、彼は待っていたの……結局あたしは思い出を思い出のままにできなかったから、彼の気持ちには応えられないって、伝えていたけど」

「暁はそれを認めてないのか……」

まどろっこしいまでの暁のやり口に、朔は閉口する。朔が婚約者と無事に結婚するまで暁は待っていたのだ。自分こそが本当の父親であるかのように灯夜に接しながら。淑乃を自分の掌中へおさめるため——その気の長くなるような計画は、結局失敗してしまったわけだが。

淑乃と朔はどちらからともなく手を差し出し、つないだ状態で歩を進めていく。

東京よりも北に位置している沓庭は、夜は未だ肌寒い。学生時代のように、互いの体温を求め合うように指を絡ませる姿は、遠目からだと恋人同士のようにも夫婦のようにも見える。いったい自分たちの関係は何なのだろうと漠然と考えている朔の思考を掻《か》き乱すように、淑乃がふいに声をあげる。

「あ……」

「暁の車だな」

夜闇でもよく目立つ真っ赤な車が、中華料理店の駐車場に停められていた。店の二階を見上げると、『沓庭サポートクラブ』と書かれた看板がある。どうやらこの建物の二階部分が学童保育施設として使われているようだ。

「——サクくん、今夜はここまででいいわ。灯夜と逢うのは今度にして」

「暁がいるからか？　だったら余計、俺がいたほうが……」

「だめよ。たぶん、アカツキくんはあたしが来るのを待ち伏せしてる。サクくんと一緒にいることがバレたら、いまの状態の彼はとんでもない行動を取りかねない」

「とんでもない、行動……？」

「トーヤを人質にして本家に連れて行く、とか」

淑乃と朔のあいだに生まれた灯夜の存在は、暁以外の海堂の人間には秘されたままだ。香宮の最後のひとりの血統を持つ息子の存在が明らかになったら、淑乃は海堂一族から弾かれ子どもだけ奪われてしまう可能性が高い。

最悪の事態を想定している淑乃の平坦《へいたん》な声に、朔は思わず低い声で問う。

「じゃあどうすればいいんだ」

「アカツキくんはあたしが無事なら何もしない。車でトーヤと一緒にマンションまで送り届けてくれて、それでおしまい」

「……それで暁は納得するのか？」

「マンションの中まで入ってくることはないわ。だいいち鍵持ってないし……そうだ」

そう言って、淑乃は鞄《かばん》の中から一枚のふせんを取り出して手渡す。ボールペンで書かれた二行にわたる数字の羅列を見て、首を傾げる朔に、淑乃が告げる。

「あとで部屋に来て。そのときに次に逢うときのことも話そう。あのね、エントランスではじめの段のこの数字を打ち込めばマンションの中に入れるから」

「これは、ナンバーキーなのか……？」

「うん。夜遅くなると鍵がかかるから。数字を入力しないと入れない仕組みなの」

「じゃあ、下の数字は」

「あたしが設定したパスキーになってる。夜だし、トーヤはすぐ寝ると思うからインターフォンは鳴らさないで。部屋の前でこの数字を打ち込めば、鍵がなくても一度だけ開けられる」

「いいのか？」

「サクくんだから、託すんだよ」

だから心配しないで、と朔とつないでいた手をはなして、淑乃は颯爽《さっそう》と階段を駆け上がっていく。

ひとり取り残された朔は、手渡されたふせんを見て、愕然《がくぜん》とする。

「よしの……これ、肝心の住所が書いてないのだが……」

＊　＊　＊

淑乃が灯夜と暮らすマンションは大学敷地を出て徒歩三分の、駅から歩いて十分ほどの閑静な住宅街にあった。アイボリーが基調の五階建ての上品な建物だ。エントランスを抜けた先に居住区域ごとに分けられたエレベーターがある。

日中は常駐しているコンシェルジュが部屋案内をしてくれるというが、あいにく時刻は夜の九時をとっくに過ぎ、周囲に人の姿は見当たらない。

朔は途方に暮れていた。

「……エントランスに入れたってことはこの建物でいいはず、なんだよな」

弟の暁が運転していた赤い車が道路脇に停められていたのを確認している。車を尾行するよう頼んだタクシーの運転手からも「ここは大学近辺でいちばんお高いマンションですよ」と教えてくれたし、淑乃が渡してくれた紙に書かれたとおり数字を打ち込んだら何事もなかったかのように自動扉が開いた。明かりが一瞬消えかかったが、朔が入ってきたことでふたたび明るくなる。どうやら人の気配で電灯がつく仕組みのようだ。このことからついさっきまでこの場に誰かがいたことを察し、それが淑乃たちだろうと朔は推測する。

――けど、暁がマンションの前まで送り届けるだけというなら、車が停まったままになっているのはおかしくないか？

そうだとしたら、淑乃と暁はまだ別れていないはず。ふだんなら送り届けておしまいだと彼女は言っていたが……。

嫌な予感がする。

けれどここまで来たのに朔は淑乃の部屋番号を知らない。一部屋ずつ探していくしかないのだろうか。

と、考え込んでいた朔の背後で自動扉が開閉する。振り向いた朔は、自分を見て驚いている男性を見て困惑する。メガネをかけた丸顔の男性だ。丸い目を開いて亡霊でも見つけたかのように朔に視線を向けていたが、やがて意を決したかのように声をかけてくる。

「こんばんは。ここでは見かけない顔ですね」

「ええ……あの？」

人懐っこい顔立ちだが、機嫌が悪いのか拗ねた表情をしている。朔はなぜ初対面の男性にこんな顔をされたのかわからず首を傾げる。向こうは朔のそんな態度を無視して、さらに言葉を続ける。

「赤い車が停まっていたからついにあの男を部屋に呼んだのかと思ったのですが、そういうわけではなさそうですね」

「！」

赤い車。それは暁が乗っている車のことだ。つまり彼は淑乃を知っている人間ということだろうか。

「……弟を、暁を知って」

「ええ、知ってますよ。兄から恋人を奪い取ろうとして何年も燻《くすぶ》っていますよね。やっぱり貴方が暁くんのお兄さん……海堂朔くんでしたか。似てますね、灯夜くんが持つ雰囲気と」

「あの、すみません、彼女の部屋、は」

「僕は沓庭ガーデンクリニック常勤医の篠崎。淑乃ちゃんと灯夜くんが生活している部屋？　二階のいちばん奥の……あ、ちょっと話が途中ですよー」

「よしのが心配なんで！」

淑乃が暮らしている部屋は二階にあるときいた朔は居ても立ってもいられなくなり篠崎

の言葉を遮りエレベーターの先にあった階段を駆け上っていく。

その後ろ姿を呆然と見送っていた篠崎は、やれやれとため息をつく。

「ようやくほんもののパパがご登場ですか。さてさて、灯夜くんは、どう思いますかねえ……」

＊　＊　＊

暁は、初めて兄に恋人を紹介された時のことを思い出す。

彼女は兄より年上で、白衣がよく似合う凛《りん》としたセミロングの美人だった。

背の高い兄と並ぶ姿は大人びていて、いやでも彼女が年上だということを思い知らされた。先月まで高校生だった暁は臨床心理師を目指しているという朔の恋人、大学院一年生のよしの先輩に圧倒されていた。

大学時代は人文学部にいたという彼女は、心理学以外にも文学から理系分野に連なる統計学まで一通り履修していたというだけあって、朔と暁の兄弟とは異なる視点から物事を分析し、ふたりを驚かせたものだ。ユーモアとウィットにも富んだ賢くて魅力的な女性が、なぜ自分の兄と三年も付き合っているのかと不思議に思ったものだ。

はじめのうち暁は遠慮がちに接していたが、淑乃が見た目とは裏腹におっちょこちょいでお茶目な部分があったり、暁が所属する演劇サークルの舞台美術のヘルプにひょっこり現れて他学部生とも隔たりなく気さくにつきあう姿を見たり、無愛想な朔をフォローしながら大学生活を楽しむ様子を見ているうちに、いつしか気後れすることもなくなり、ほんものの姉のように慕うようになっていた。

――このまま、朔兄がよしの先輩と結婚して、会社を引き継いでくれたらいいな。

このとき暁はまだ知らなかった。彼女が海堂一族に因縁のある香宮の最後のひとりと言われる娘であることを。もし知っていたら、素直に兄と結ばれることを応援しなかったかもしれない。光子叔母さんを傷つけた男が他所で産ませた娘だと知っていたら。

もう二度と俺たちにかかわるなと、目の敵にして、彼女と朔の仲を引き裂いたはず……けれども現実は、そうもいかない。

朔と香宮淑乃との関係は自然消滅していた。淑乃が大学院卒業とほぼ同時にアパートを引き払い、彼らの前から姿を消したからだ。

朔は落胆したが、次期社長としての責務をまっとうするため全国各地を飛びまわらざるをえなくなる。消えた恋人を探す時間すら与えられず、朔は一族のために経営の基礎を叩《たた》き込まれていた。当時まだ学生だった暁は朔を気の毒に思いながらも父に歯向かうことはできずにいた。ただ、なぜ兄の恋人がいなくなってしまったのか、それだけが喉に刺さった小骨のように暁を苛みつづけていた。調べれば調べるほど、わからなくなる。淑乃が香宮の娘であることを知りながら本気で愛していた兄の本心がわからない。

復讐に利用されていただけなのではないか、そうだとしたら俺が彼女を罰さなくては。

そう思ったこともあった。

――そんなときに見かけた、白衣の女性。

大学四年の春。学業と家のことで悩まされて不眠症になっていた暁は、大学病院の精神科外来を訪れていた。そのとき勿忘草が咲き乱れる大学病院の前庭で、忙しなく働く彼女を見つけた。

ショートカットになっていたけれど、遠目で見ても凛とした立ち姿は紛れもない、兄の恋人、よしの先輩だった。

声をかけようにも、勤務中の彼女は外来ではなく入院棟の方へ行ってしまった。当時の彼女は入院患者の終末医療カウンセリング――ターミナルケアと呼ばれる特殊で過酷な業務がメインだったのだ。

暁はその日以来、彼女の姿を確認すべく病院周辺を彷徨《さまよ》うようになる。その執念が功を奏したのか、勿忘草の季節に赤子をあやしている彼女と言葉を交わすことが叶った。朔と一族の名をちらつかせて見張りたいと言うと、彼女は驚くほど素直に暁の提案を受け入れた。それだけ朔との間にできた子どもが大切な存在なのだと訴えられて、暁は兄に強く嫉妬した。

けれど、そのおかげで暁は朔が知らない彼女のことを、灯夜と名づけられた赤ん坊のことを独り占めすることができたのも事実だ。美しく聡明《そうめい》な彼女とその子どもを見守って七年。このまま兄が淑乃のことを忘れて父親が選んだ婚約者と結婚してしまえば、自分が淑乃と一緒になれるのではないか、そんな悪魔の囁きに、暁は従っていく。

何度も淑乃に俺を見てと訴えた。それでも彼女は朔を裏切りたくないと、シングルでいることを貫こうとしていた。

それならば灯夜に自分が父親であるかのように演じて見せれば、彼が母親に暁と結婚してくれと言うのではないか……物心のついた灯夜に何度かきいたが、彼はいつだって暁に「ノー」をつきつける。自分は灯夜にとって兄のような存在であって、けっして父親にはなりえないのだと。さらに朔に似てきた容姿が、暁を苛立たせる。どうあがいても自分は兄にかなわないのかと思う。

おまけにいつしか淑乃は新設された診療所に引き抜かれ、暁との時間を蔑ろにするようになってしまった。診療所の常勤医だという篠塚に見初められたらしい。そのうえ灯夜は彼のことをパパと呼んでいる……暁は焦りだす。このままだと淑乃は兄どころか別の人間に奪われてしまう。海堂の血を引いた優秀な男児である灯夜ごと。それだけは食い止めたい。

今はまだ淑乃は兄に気持ちを傾けているようだが、飄々《ひょうひょう》とした篠塚に囲い込まれて本気で迫られたら、彼女だって頷いてしまうのではなかろうか。全国トップシェアを誇る鋼材企業の次期社長としての地位と財力を持つ朔よりも、地元の大地主の息子で医師の資格を持つ篠塚の方が身近で、すでに成功している存在だ。そのうえ職場が一緒だとしたら、目移りしてもなんらおかしくない。

もはや暁ひとりでは太刀打ちできない相手だ。何か策を考えなければ。でもどうすればいいだろう。兄は婚約者との結婚式の用意をいやいやながらもはじめていた。父親の後を継ぐただそれだけのために。

淑乃は密かに兄を想っている。このまま朔が結婚すれば今度こそ自分が淑乃を手に入れられると信じていた。けれど、この状況だと暁の監視を逃れた彼女は朔のことを諦めて篠塚のもとへ走っていくのでは……？　新たな不安が暁を襲う。

そのことを第三者である陽二郎に愚痴ったことで、事態は暁が想定していなかった方向へと動き出す。朔の結婚が失敗し、淑乃とよりを戻すという、本来ならば暁が望んでいた形へと。

それでも暁は滑稽な道化のように、ただひとり許されない恋に焦がれ続けていた。

＊　＊　＊

淑乃から仕事の話をきくことは滅多にない。けれど、暁と再会した頃の彼女はひとり必死に戦っていた。朔との子を守るため。自らが優しい死神となって。

――余命いくばくもない患者さんたちの怒り、悲しみ、すべての感情をあたしは受け入れる。患者さんとご家族が、すこしでも穏やかにその日を迎えられるように。それがあたしの仕事だから。

淑乃が乳飲み子を抱えながら精神病棟で働いていたのは二年に満たなかったが、篠塚が現れる前は、暁だけが淑乃の傍にいる異性だった。その間にとっとと口説き落とせていれば良かったのに、朔が結婚するまでは、と暁はいつしか淑乃に絆されていた。

暁と淑乃の関係が膠着《こうちゃく》状態にあっても灯夜はすくすく成長していく。病院保育所、幼稚園、学童の送り迎えについていっては父親アピールをする暁に呆れながらも淑乃は完全に彼とは離れられずにいた。暁が監視しているからだ。

灯夜は母親と暁の歪《いびつ》な関係に気づいていたのかもしれない。だからあえて篠塚をパパと呼んで暁を怒らせようとする。

灯夜は暁を嫌っているわけではない。父親だと思っていないだけで、それ以外のこと……母親の淑乃を大切に想っていることや、篠塚と結婚してほしくないこと……については理解してくれているのだ。小学校低学年でそれだけのことを悟れるのは、母の生きざまを間近で見つづけていたからだろう。

「あら、寝ちゃったの」

「遅いですよ、よしのさん」

学童に淑乃が迎えに来たとき、灯夜は暁の膝の上ですやすや寝息をたてていた。母親が来るのを待つ間に眠ってしまったらしい。

淑乃は当たり前のように暁がいることを疑問に思うこともなく、眠っている灯夜を見つめながらぽつりと呟く。

「アカツキくん、心配かけてごめんね」

「……何か事件に巻き込まれたのかと思いましたよ」

「大げさよ。携帯電話を診療所に置き忘れてきただけなのに」

「置き忘れてきた、ねえ」

淑乃は暁にマンションまで送り届けてもらうことになった。ぐっすり眠ってしまった息子を軽々と抱き上げて、暁が車の後部座席まで運んでくれたので、淑乃もその隣の席にちょこんと座る。それにしてもよく寝ている。

ゆっくりと車が動き出し、淑乃はふぅと息をつく。

淑乃の所在がわからなくて不安になっていた暁も、彼女の無事が確認できて安心したのか、ふだんの口調で話しはじめる。

「篠塚先生にも連絡したんですけど、お仕事中だったからか出てくれなかったんですよ」

「篠塚先生は先にあがっていたから……」

「それじゃあ、残業していたのはどうして」

「カウンセリングの当日予約が入ったからよ」

さらりと言う淑乃の声がどこか強張っているのに気づいた暁は、ふうん、とつまらなそうに口を噤《つぐ》む。

これ以上追及されるのを拒むかのような彼女をバックミラー越しに見て生じたのは、苛立ちと……嗜虐心《しぎゃくしん》。

よ。

——カウンセリング？　どうせ朔兄と逢っていたくせに。俺を欺こうとしたって無駄だよ。

車は無言のままの淑乃と暁を、彼女たちが暮らすマンションの傍まで運ぶ。いつもなら暁はここで別れるが、今夜は眠り込んでしまった灯夜がいる。淑乃もすぐさま暁を追い払うことはしないだろう。

「トーヤを連れて行くから部屋にあげてよ。さすがに小学生にもなるとよしのさん抱っこするの大変でしょう？」

「え。トーヤひとりならあたしでも運べるわよ」

「いいから。よしのさんはランドセル持って」

「ちょ、勝手に……もうっ」

慣れた手つきでエントランスのナンバーを打ち込んで、灯夜を抱っこしたままの状態で暁がマンション内に入っていく。さすがに部屋の鍵は持っていないが、部屋番号を知っている彼は一目散に階段まで早足で進んでいく。強引な暁の態度に困惑しつつも、朔と隠れて逢ってきた罪悪感から何も言えない淑乃は仕方なく鍵を穴に差し込んで、彼を部屋に入れた。オートロックの玄関を抜けてリビングに入ってすぐのところに子ども部屋がある。そこに灯夜のベッドがあるので、そのまま寝かせてもらえばいいだろう。

淑乃は、なりゆきとはいえ暁を部屋にあげてしまい、彼が灯夜を運んだのを見て、これが朔だったら良かったのにと思う。自分の荷物をテーブルの上に置き、リビングのソファに腰かけため息をつく。そうだ、朔がこのあと来てくれるはず。それまでに暁を追い出さなくては。

淑乃が「もう帰って」と言おうと暁の方へ立ち上がろうとした瞬間。

「ようやくふたりきりになれましたね。よしのさん」

「……アカツキ、くん？」

暁にきつく身体を抱きしめられてしまう。口先で口説いてくることは何度もあったけれど、こんな風に抱きしめられたことは一度もなかった。どうして？　と困惑する淑乃に、暁が嗤《わら》う。

「朔兄と、逢ったんでしょう？　この……裏切り者」

フワ、とソファのうえに押し倒されながら静かに罵倒された淑乃は、自分がやらかしたことに気づき、真っ青になる。

今までこうならないことの方が不思議だったのだ。篠塚にも部屋に男を入れるなとさんざん言われていたのに。

暁だって、男なのだ。この体格で迫られたら、淑乃は呆気なく手籠めにされる。

「ちょ……アカツキく」

「貴女の気持ちが朔兄にあるのはずっと知っていた。朔兄が結婚すれば貴女は俺を見てくれると信じていたから、今まで手は出さなかった。だけどもう限界だよ。篠塚先生も貴女を狙っている。朔兄には一度だけ逢えばそれでいいってよしのさん言っていたよね？　どうして俺に黙ってまた逢ったの？　トーヤを夜遅くまで預けてまで……ねえ、どうして俺のカウンセリングはしてくれないの？　朔兄にはカウンセリングしたんでしょう？　俺だってこの恋をずっと引きずっているんだよ。よしのさんに慰められたいのに……」

「く、苦しいようっ……けほっ」

首に手をかけられ、呼吸がしにくくなる。殺意すら感じられる暁の、哀しみをたたえた瞳が淑乃を射る。

意識が朦朧としてきた淑乃に、なおも激しく言い募りながら、暁は手に力を込める。

「どうすればこの昂《たかぶ》りを抑えられる？　俺はいつまで兄の恋人への欲情を隠し続けないとダメなの？　俺だってよしのさんのこと……」

くたりと身体を弛緩《しかん》させて抵抗をやめた淑乃を見下ろし、暁は慌てて手をはなす。淑乃は酸素を求めて苦しそうに口を開く。艶めいた唇がはくはくと動き「それ以上はダメ」と言っていたが、暁は首を横に振って、彼女の両腕を頭の上に持ち上げ、ネクタイで手首を縛りつける。

「ねえ、朔兄とこういうことしてるんでしょう？　俺のことを朔兄だと思って、おとなしく抱かれてよ」

「やだっ、アカツキく……トーヤ、起きちゃ」

「起きないよ。俺の眠剤飲ませたから」

なんてことないように衝撃的なことを告げられて、淑乃は愕然とする。

不眠症で悩んでいた暁が睡眠薬を処方されていたことは知っていたが、まさか息子に薬を盛るなんて……。

「学童でよしのさんを待ってた時に、お茶をもらったから半錠だけ溶かして彼に飲ませたんだ。ぐっすり死んだように眠ってたでしょう？　トーヤがいるとこうして力ずくでよしのさんを口説くこともできないから、俺なりに考えたんだよ。身体に負担がかかる薬じゃないけど、子どもだから一晩中眠ってるだろうね」

「――な……んで」

「言ったじゃないか。トーヤがいたらよしのさんを抱くことができないって。よしのさんもこれ以上抵抗するなら、俺のお薬飲ませちゃうよ。意識のない状態でも感じることってできるんだっけ？　俺、前のメンヘラな彼女とけっこうアブノーマルなことしてたんだよね。朔兄とはできないこと、その身体に教えてあげようか？」

ふふふ、と楽しそうに笑う暁は淑乃が泣きそうになっているのを見てさらに嬉しそうな顔をする。

「俺、朔兄が羨ましかったんだよ。みんなみんな朔兄ばっかりもてはやすんだ。寡黙だけど優秀で思いやりのあるカッコいい朔兄。自慢のお兄ちゃんだったよ。よしのさんと出逢うまでは」

「アカツキ、くん」

「朔兄がおかしくなったのは貴女が誑かしたからでしょう？　俺はふたりが幸せになれる

なら本気で祝おうと思ったのに。香宮の最後のひとりだったなんて。復讐のために朔兄に近づいたんでしょう？　おまけに子どもを宿しておきながら朔兄の前から姿を消して……それなのに朔兄が婚約者に逃げられたと知ったとたん、復縁を迫って俺の監視の目をかいくぐって……なんなんだよ。俺の恋心を飼い殺しにして！　なにがおかしい？　朔兄が失脚すれば俺が次の社長になれると信じているおめでたい奴らもいるけど、俺はあくまで次男で朔兄のスペアでしかないんだぞ。それに俺よりも相応しい人間だっている。俺は社長になんかなりたくない。けれど、よしのさんを手に入れるためだったら社長にだってなってやる……。一度でいいから、ねぇ、一度でいいから朔兄に逢いたいって言って、逢瀬を繰り返したのは誰だっけ？」

支離滅裂なことを口にしながら、暁は淑乃に口づけようとする。が、彼女が首を振って顔を背けたので唇はふれあわず、暁は彼女の耳たぶにキスすることになる。ちゅっ、という音とともに耳たぶをがぶりと噛《か》まれて淑乃は痛いと悲鳴をあげる。

「いっ！」

「いけない女性《ひと》。俺たち兄弟を無邪気に翻弄して、傷つけて……ねぇ、俺がよしのさんを壊したら朔兄はどうなるかな？　狂っちゃうかな？」

そのまま耳元で甘く囁かれ、彼の両手が彼女の胸元に迫る。ブラウスごしにきつく揉まれながら、いちばん上のボタンに手がかかる。はずされると、淡い薔薇《ばら》色の下着が白い胸のふくらみとともに顔を出す。

「だめ……やっ」

「ブラウス破かれてもいいの？　引き裂かれた方がもしかして盛り上がる？」

「ちが……」

ひとつ、またひとつとボタンをはずされて、前がはだけた状態になった淑乃を見て、暁がうっとりした顔をする。

淑乃はどうにかして時間を稼がねばと考えを巡らすが、暁に身体をまさぐられて集中できない。

「これは薔薇の花の刺繍《ししゅう》？　案外かわいいブラジャーしてるんだね。朔兄にも見せたんでしょう？　俺にも見せて……その先も」

「やだやだ、見ない、で」

「抵抗するなら口移しで薬を飲ませるって言ったよね？」

「ひ、言ってない！」

「――いま言った」

じたばたする淑乃を押さえつけながら暁が片方の手でポケットから薬を取り出す。精神科でよく処方されるタイプの睡眠導入剤だ。飲まされたらすぐに眠気に襲われて、前後不覚に陥って……。

パキッ、と錠剤を割った暁は、慣れた手つきで淑乃の顎をつかみ、強引に錠剤を口内へ押し込んでいく。どうにかして吐き出そうとする淑乃を嘲笑うように、暁は唇を重ね、舌先で抑え込む。苦い錠剤が淑乃の口の中で溶けて、暁の唾液と一緒に飲み込んでしまった。

「ふふ。よしのさんと初めてキスしちゃった」

「あ、ぁ……」

ぽろりと涙が一粒転がり落ちる。じたばたしようとしても、身体が麻痺《まひ》しはじめている。弟のように思っていた彼が、目を爛々《らんらん》と輝かせて淑乃をいやらしく見つめている。このまま彼に抱かれてしまうのだろうか。

——そんなことはない、すぐにサクくんが来てくれる……だから今は耐えて……あれ、部屋番号教えたっけ？　あたし、マンションのナンバーキーを書いた紙きれ渡したはずだけど……もしかして彼、迷子になってる？　そうだとしたら、この状況かなりマズくない？

淑乃はそのとき初めて自分の失態に気づいたが、薬に侵されているからか、表情は変わらなかった。

そんな淑乃の内心など知ることもなく、薬の効果を確認しながら、暁はスカートを床へ落としていく。

「ふわふわした気分になるでしょう？　このまま気持ちよくしてあげるからね。邪魔な洋服はぜんぶ脱いじゃおう」

「やっ……ッ」

スカートだけでなくタイツもひといきに下ろされて、ブラジャーと同じ柄のショーツを見られてしまう。ブラウスははだけ、淡い薔薇色の下着をつけただけの淑乃の拘束された姿を前に、暁が興奮している。ブラジャーのホックをプチンとはずされ、レースに隠されていた乳房がふわりと浮き上がる。ふたつの胸の飾りが彼の指に摘まれ、ぎゅっと抓《つね》られる。ビリビリする感触に、ひくんと身体が跳ねる。

このまま強烈な睡魔に飲み込まれたら、自分は彼に好き勝手……。

——やだやだ、こわいよ、いたいよぉ……！

暁に首を締められ、身動きを封じられて、薬を飲まされて身体を弄られて……克服したはずの忌まわしい過去の出来事がフラッシュバックする。

「やだっ、助けて、サクくん……ッ！」

「こらっ、暴れるな！」

「イ——ヤ——ッ！」

ありったけの力を振り絞って、淑乃は暁に頭突きを食らわせる！

その音と同時に、玄関の扉が勢いよくひらいて——

「よしのっ⁉」

淑乃が待ちわびていた唯一の人が、顔を真っ赤にして駆け寄ってきた。

あたふたする暁を無視して、ただひたすら自分めがけて走ってきた朔にスプリングコートですっぽり包まれた淑乃は。

ようやく来た、と安堵《あんど》の息をつきながら、逃避するように眠りの世界へ落ちてゆくのだった。

＊　＊　＊

危うく弟に恋人を寝取られそうになった朔は、昏々《こんこん》と眠りつづける淑乃を抱きしめたまま、動こうとしない。

「……朔兄」

「暁。お前はいったい何をしようとしていた」

その場に轟《とどろ》くような強い声で、朔が怒りを込めて暁に問う。扉を開いた先のソファで、淑乃が弟に襲われぐったりとしている姿を目の当たりにしたのだ。暁は逆上して殴りかかって来るかと思ったが、朔はそれよりも恋人の無事を確認し、自分の手元に取り戻すことを優先していた。淑乃が意識を手放す際に「ようやく来た」と安堵の声を放っていたのは空耳ではなかったのだろうか。だとしたら、暁ははじめから淑乃に踊らされていたことになる。

ただ、淑乃にはここまで暁が自分に執着して我が物にしようとしていたことだけが誤算だったのだろう。

悪事が露見したとはいえ、暁は兄に睨まれてもけろりとしている。どうせこの兄は自分を警察に突き出すことはできまい。突き出したところで父親や叔父がどうにかしてもみ消すことを知っているからだ。

暁は感情を露わにした兄の顔を見て嬉しそうに言葉を紡ぐ。

「ふふ。よしのさんが朔兄と隠れて逢ってたから、お仕置きしようと思っただけだよ」

「お仕置きだと？」

「朔兄だってよしのさんを抱くとき、ネクタイで縛ったり目隠ししたりお薬飲ませたりするでしょう？　朔兄だと思って素直に抱かれてくれればよかったのに、薬を飲ませたら完全に拒絶されちゃった」

「……いや、何を」

何を言っているんだこの弟は。縛ったり目隠ししたり薬を飲ませて抱くなど、過去にイヤな思いをした淑乃が受け入れるわけがない。きっと淑乃はその忌まわしい過去を暁に教えていないのだろう。

だが、暁のその言葉で朔は状況を理解する。彼女は弟に睡眠薬を無理やり飲まされたのだ。だからこんな風に抵抗できない状態にされて、身体を奪われそうになっていたのか……。

無防備にすやすやと寝息を立てている淑乃を見て、朔ははぁとため息をつく。

さっきまで悲鳴をあげていたくせに、朔が傍にいると理解したからか淑乃は猫のように丸まって彼のコートをきつく握りしめて眠っている。もうすこし警戒していればよかったのにと思ったが、七年間手を出さずにいた弟がここにきて行動を起こしたのはきっと、淑乃が朔と隠れて逢っていたことを知ったからなのだろう。朔と淑乃が再会しなければ暁は思い余ってこのような暴挙に出ることもなかったはずだ。

朔は苛立ちと哀れみの想いを込めて、暁を睨む。漆黒の双眸《そうぼう》に射抜かれた暁は、ビクッと背筋を伸ばして兄の顔を見つめる。

本気で兄弟喧嘩をしたとき、勝つのはいつだって朔の方。

朔はふだんは暁に勝たせることもあるが、今回ばかりは――淑乃のことは頑として譲れない。

「それより暁。よしのから訊いたよ。お前が七年ものあいだ彼女と息子を監視していることも、自分が父親になりたいと俺が婚約者と結婚するのを待ちわびていたことも、虎視《こし》眈々《たんたん》と狙っていた彼女がいつまでもお前を恋愛対象として認めていなかったことも」

「朔兄」

「お前がよしのを強引に抱いていたら、俺は一生許さなかっただろうよ……間に合って良かった」

「でも、俺……よしのさんにキスしたよ」

ぽつりと零したその言葉に、朔の表情が凍りつく。

「――やっぱ許さねぇ」

「ふぬっ……！」

怯《おび》える暁を横目に、朔は容赦なく顔面へ拳を叩き込む。

ふだんは温厚な兄を本気で怒らせたのだ、このくらいは想定内だろう。朔が来る前に淑乃にも頭突きを食らわされていた暁は、ふたたび衝撃を与えられて身体を床に沈ませる。

動かなくなった弟を見下ろして、朔は呟く。

「――警察に被害届を出すかはよしのと相談する」

「……ああ」

「あと、よしのの携帯電話につけた細工を外せ。いいな」

床に伸びたままこくりと首を揺らした暁の間抜けな姿を前に、朔は嘆息する。

「わかったらとっとと出ていけ。これ以上お前の顔を見ていたら何するかわからん。それにお前だって子どもにこんなところ見られたくないだろ？」

「……だな」

はじめからわかっていた。自分が兄に敵わないことくらい。それでも一度くらい、彼から奪ってみたかった。兄の恋人だからじゃない、香宮の最後のひとりだからじゃない、ただ純粋に猫のように気まぐれで愛らしいよしのの先輩に惹かれていた、それだけが暁にとっての真実。

「朔兄。俺、このこと親父に言うわ。トーヤのことも」

「そうか」

「朔兄がよしのさんをトーヤと一緒に本当に幸せにしようと決意しているなら、彼らを説得することくらいできるよね？」

「……彼ら？」

「そ。彼女の存在を知っているのは俺だけじゃない」

「そうだろうな」

「驚かないんだ」

意外そうな暁の声に、朔は無言で頷く。

海堂一族のゴタゴタを調べ直していた朔は、すでに淑乃がマークされていることに気づいていた。暁が見せた執念のように、父親が本気になれば朔が誰を求めているかなど、簡単に突き止められるからだ。

あの失敗した結婚式以来、父親は朔の動向を黙認している。東京から沓庭へ勝手に住居を移したことについても文句一つ言っていない。見捨てられたか、次の出方を待っているのか。どっちにしろ、そのときに淑乃と灯夜について言及されるのは確実だろう。

「暁。その中に叔父上も含まれてるんだよな」

「よしのさんの存在は知っているだろうけど、息子の、トーヤのことまではどうだろうな……」

曖昧に言葉を濁す暁に、朔ははぁとため息をつく。叔父の陽二郎がかかわると良くも悪くも事態の規模が大きくなる。朔と淑乃を引き合わせた張本人で、朔が婚約者と結婚する際に花嫁逃亡に手を貸したとされるトリックスター。

そんな彼は今、海外出張中だ。彼が戻ってくる前に父親に話を通して、決着をつけたいと考えている朔は、こんなところで暁と兄弟喧嘩をしている場合ではないと心のなかで言い聞かせ、淑乃を穏やかな瞳で見つめながら、ぽつりと呟く。

「よしのは猫みたいにふらふらしていて危なっかしいところがあるから……放っておけないんだ」

あたしはひとりでも生きていける、そう言ってからから笑っている彼女の強がりに気づけたのは、朔たったひとり。本当は淋しくて人肌恋しくて甘えたかったのだとすり寄ってきて、惑わせる。

そんな自分を見ていた暁が淑乃の本質に気づけていたか朔にはわからないが、危なっかしくて放っておけないというその言葉に、くすりと笑う。

「猫みたいな彼女に恋心を飼い殺された俺は、鼠《ねずみ》ですらなかったってわけか」

執念と監視から始まった七年間はいつしか暁の叶わぬ恋心を募らせていた。暁は朔と復縁した淑乃を前に、猫に追い詰められた鼠のように彼女を襲った。けれどもそれは失敗に終わり、彼は自分が鼠ですらなかったことを悟ったのだ。

「……俺の完敗だよ、朔兄」

眠る淑乃をすまなそうに見つめてから、暁はしずかに部屋を去っていった――

＊＊＊

目を覚ましたとき、灯夜を見つめていたのは母親ではなく、ひとりの男性だった。どこかで見たような記憶はあれど、寝起きの灯夜は思い出せずにいる。暁おにいちゃん？　それにしては髪と瞳の色が黒いし、老けている感じがする。

自分の父親であるとは夢にも思わず、暁よりも年配の疲れ切った表情の青年を前に灯夜は不躾《ぶしつけ》に問いかける。


「おじさん、誰？」


「……実の息子におじさんって呼ばれた」

住人二人がいない淑乃の部屋で朔はがっくりと肩を落とす。そんな朔を見て、篠塚がくすくす笑っている。

「そりゃあそうでしょう。灯夜くんは貴方のことを知らないんですから」

マンションのエントランスで顔を合わせて以来、篠塚はなにかと朔のことを気にかけてくれていた。暁が「よしのさんが篠塚先生にとられちゃう」と騒いでいたのは単純に灯夜が暁よりも篠塚の方がパパっぽいと口にしていたからで、彼自身はそこまで淑乃にご執心というわけではないらしい。

ただ、職場の同僚として淑乃たちを家族のように大切に想っているというのは事実のようで、暁の行き過ぎた干渉を避けるために自分が障壁の役割を担っていたことは認めている。病院の母子寮からオートロックのあるマンションへ引っ越しさせたのも篠塚で、淑乃がひとり出かける用事があるときは自らすすんで灯夜と留守番していたという。そのこともあって、灯夜は彼のことをパパと呼んでいるのだろう。

「……篠塚先生は」

「僕は淑乃ちゃんの番犬みたいなものですよ。暁くんと違うのは、彼女が僕にお願いしてきたってことかな」

「番犬」

篠塚は淑乃と灯夜が生活するスペースに暁が入り込まないよう傍で見張っていたのだと笑う。その代わり、留守番をしている灯夜の遊び相手として、同じ間取りを持つ彼の部屋には何度か入れていたそうだ。

「淑乃ちゃんが灯夜くんを一人で育てていたのはDV夫から逃げたからだと……暁くんは彼女を追う兄の手下だと思っていたんです。はじめのうちは」

「手下、って……」

「DV夫の素質があるのは暁くんの方だったみたいですね」

どこか棘《とげ》のある篠塚の言い方に、朔も複雑な気持ちになる。

「あのとき貴方に逢えてよかった。貴方が機転を利かせてくれなければ……」

「それは俺の方からも言いたいです」

「だけど僕は兄弟喧嘩の仲裁に間に合わなかったよ」

「……それは仕方ないです」

朔は淑乃をぎりぎりのところで救い出したが、暁を追い出した後、どうすればいいか途方に暮れていた。そこへ飄々と現れたのが、マンションの大家で五階に住んでいた淑乃の同僚、精神科医の篠塚だ。淑乃の部屋のオートロックが無効化されたことをシステムが感知したため、渋々乗り込んできたのだというが、実際のところは兄弟の修羅場に興味津々だったらしい。

ところがそこで彼が見たのは子ども部屋で死んだように眠る灯夜とコートに包まれたまま眠っている淑乃を大切に抱え込んで立ち尽くしていた朔の姿。すでに淑乃をめぐる兄弟喧嘩は終わっており、暁の姿は消えていた。

朔は篠塚が来たことで我に返り、何が起きたのかをわかる範囲で説明した。篠塚は暁が持っていた薬を飲まされて乱暴されそうになった淑乃を痛ましそうに見つめ、念の為病院に連れていくよう指示した。

朔は淑乃と離れ難く感じたが、過去に襲われた経験を持つ彼女が同じ目に遭ったショックで取り乱す可能性を示唆され、彼に従った方が良いと判断する。そのまま篠塚の車で緊急外来まで連んでもらい、彼女を病院に預けてきたのである。

「淑乃ちゃんのことはまかせて。目が覚めたら井森から連絡するように言ってあるから。貴方だって知っているでしょう？　彼女が強いこと」

「強い、というよりは強がっているように感じますけど……」

「それでも灯夜くんをここまでひとりで育てたんだ。暁くんのアプローチにも屈しないで、貴方のことを想いつづけながら。それは強がりでもなんでもない」

「……俺は何も知らなかったんです。彼女が子どもをひとりで生んだことも、暁に七年間も監視されていたことも」

「それでも彼女は貴方の存在に支えられていたはず。そうじゃないと僕の求婚を断った理由にならない」

「はぁ……って、求婚⁉」

朗らかに「契約結婚しませんか、って提案したんですけど断られちゃいました」と口にする篠塚に、朔は目を白黒させる。朔は、結婚云々《うんぬん》は半ば暁の被害妄想だと思っていたが、実際に求婚をほのめかしていたとなると彼が誤解していてもおかしくはない。

「ひとりで灯夜くんを育てると決意していた彼女に父親の利便性を説いても頷いてくれませんでした。けれど、暁くんの監視が外れるまで番犬になってほしいと、それまでなら灯夜くんにパパと呼ばせても構わないからと淑乃ちゃんが頼んできたんです」

「……よしのが？」

「ええ。灯夜くんの本物のパパは自分とはとうてい身分のつりあわない人で、彼は大事な局面に立たされているから、彼が無事に立場を強固なものにして自分ではない女性と結ばれるまではこの状況を耐えないといけない。ときが来れば、暁くんの監視はなくなるからと……」

けれどそのときは来なかった。そのかわり、淑乃は朔とよりを戻した。身を引いた淑乃を今度こそ手放さないと決意した朔の事情を篠塚は知らなかったが、あの夜を境に暁が焦りだしたことには気づいていたという。

「それじゃあ、篠塚先生は俺のことをご存じで」

「職場の淑乃ちゃんを見ていればわかりますよ。灯夜くんも教えてくれましたから」

「彼が？」

「淑乃ちゃんは灯夜くんにあの夜誰と逢っていたか、ちゃんと伝えています。暁くんのお兄さんで、ママがずっと好きな人だって」

――ママがずっと好きな人。

「灯夜くんは賢い子です。こうして見ると仕草とか雰囲気が貴方によく似ていますね。やはり遺伝子がなせる技なんでしょうかね。ふだんはおとなしいけれど妙に鋭いところがあって……母親が浮かれていることを不安に感じてましたよ」

「ああ」

おじさん、と呼ばれて朔は何も言えなくなったが、もしかしたら灯夜は自分を試していたのかもしれない。自分と同じ真っ黒な髪と瞳を持つおじさんが、何者なのか気づかないふりをして。

　そんな灯夜も今は篠塚の後輩医師に連れられて病院の小児科で検査を受けている。暁が淑乃に使った睡眠薬を灯夜にも使ったのではないかと篠崎が心配したからだ。成分が残っていないか確認するだけだというが、問題なければ昼には戻ってくるだろう。

「よしのが、浮かれていた……？」

「はい」

　と、そこへ電子音が響く。篠塚がポケットから携帯電話を取り出し素早く通話ボタンを押すと、甲高い女性の声が響く。

『篠塚先生、井森です……よし……香宮先生、意識を取り戻しました』

　篠塚の携帯から聞こえる井森の声が伝えてきたのは、淑乃が覚醒したという報せ。

『けど……ショック状態にあったからか、取り乱してしまって』

　篠塚の表情が凍りつき、朔を気の毒そうに見つめる。想像していたよりも悪いことが起きている？　朔が篠塚の携帯を奪い取り、「もしもし？」と低い声で言うと、井森が『海堂さん？』と驚きの声をあげ黙り込む。

「よしのは無事なのか⁉」

『……身体は問題なかった、です』

「じゃあ」

『一時的に記憶が混濁していたみたいで……鎮静剤を投与して、落ち着いたんですけど目をはなした隙に、ふらりといなくなっちゃったんです！　まだ安静にしていないといけないのに……』

「――探してくる」

『へ？』

携帯電話を篠塚に手渡した朔はそのまま慌てて身支度を整え、啞然とする篠塚を置いて、弾丸のように部屋を飛び出していた。

意識を取り戻した淑乃が病院から姿を消した――なぜ？

朔は頭をフル回転させながら淑乃が向かいそうな場所を脳内で羅列していく。大学病院、医学部棟、診療所、大学院、小ホール、理学部棟、そして学生寮――そこからまだ大学敷地内にいるはずだと推測した朔は、一目散に走り出す。

彼女の無事を祈りながら。

＊　＊　＊

太陽が沈んでいるあいだも暗くならず、真夜中になっても薄明になっている現象「白夜」のことは世間的にもよく知られているが、その対となる現象「極夜」については認知度がさほど高くない気がする。理科や地理の授業でなんとなく習った記憶はあれど、淑乃が「極夜」という単語を意識するようになったのは、大学生になってからのことだった。

一日中太陽が昇らない、真昼でも夜のように暗く寒い期間……それは淑乃が高校時代に母親が連れてきた男に襲われてからの日々に通じていた。身体を弄ばれ子を宿すことは難しいと宣告され、ふつうの男女のように恋をして結婚して家族をつくることはできないのだと絶望して、自暴自棄になっていた日々。

それでもカウンセラーとの出逢いが淑乃を変えてくれた。彼女みたいになりたいと大学に進学し、サークル活動中に「極夜」の絵と邂逅《かいこう》した。数年前に地元の中学生が賞を取ったというその絵に、なぜか淑乃は引き込まれた。

一日中空が明るい白夜と違い、太陽が昇らない極夜。けれどもその絵には絶望の中にひとすじの希望が描かれていたのだ。地平線のすこし上をくるりとまわる丸い月と、カーテンのようなオーロラの煌《きら》めき……。

もう、十五年近く昔の話だ。その絵の描き手の名を淑乃は知らない。とても素敵な絵だったから買い取りたいと思っても、学校自体が少子化で合併、閉校しており、かつて在籍していた生徒について調べることも難しかった。

それに絵を描いたであろう中学生も三十路になっているだろうし、その絵自体、すでにこの世には存在していないかもしれない。

それでも淑乃は、自分の心が弱っていると感じると、あの絵を思い出して自分を奮い立たせていた。

真っ暗闇を手探りで進み、未来を掴《つか》み取るそのために。

けれど、記憶に蓋をして忘れたふりをしていたことを暁に思い出させられたことで、病院のベッドの上で意識を取り戻したばかりの淑乃は混乱していた。回復したと、克服したと思っていたのは思い過ごしだったのだと、そう簡単に治るものではないと心が拒否反応を示していた。

どうしよう。何もできない高校時代の自分に戻ってしまった。頭の中がぐるぐるする。目が覚めるまで傍にいたという甲高い声の女性に自分の名前を何度か呼ばれたが、記憶が混濁していて彼女のことを思い出せない。訴えようとして声を荒らげたら鎮静剤を打たれた。ふたたび記憶が飛ぶ。病院のベッドの上で泣きわめく母親の幻影。後悔に打ちひしがれた母を冷めた目で見つめる自分。どうして自分ばっかり。未来の展望が見えなくなった絶望のはじまり。汚されてしまった身体。そして壊れかけて、生きる気力を失う寸前まで追い詰められた。

けれど、淑乃は負けなかった。

まだ生きている。生きていけると、そこから這い上がった。

巻き込まれた運命の悪戯で、恋だってした。

はじめはそれが恋なのかもわからないまま、彼に夢中になっていた。

——新月の名前を持ちながら、輝く未来を約束された海堂一族の御曹司。没落していった香宮の一族とは大違い！

同情させるつもりはなかったのに、忌まわしい過去について自然と口を開いていた。

学生時代、汚い身体でしょ、と自嘲する淑乃を全否定して、彼はひたすら愛してくれた。ぬくもりに溺れるのは心地よかった。けれども立場がその先を夢見ることを拒んでいた。彼との結婚は叶わぬ夢だと諦めていた。

そんなときに宿した奇跡。極夜を彩るひとすじの光。

――あたしは太陽も月もいらない。真っ暗な夜でも、この灯火があれば生きていける。

けれどその炎を消されたら、自分はもう立ち直れない気がする。だから言われるがまま死を受け入れさせる終末医療のカウンセラーとして過酷な現場で死神になった。その環境は子育てには適さないと二年ちょっとで診療所に引き抜かれたが、そのときを待つことに変わりはなかった。初恋の人が自分ではない人と結婚するそのときを。

それなのに結婚式は失敗、再会した恋人は変わっていなかった。月のない夜に生まれた彼は、あのときの自分のように心を弱らせて暗闇を漂っていた。彼のためにこの恋心を手放したのに、彼は今も淑乃を求めていたのだ。

極夜のようにやさしく包み込んでくれる彼を悲しませたくない。今度こそ彼の傍に、そう思った矢先。

淑乃は彼の弟に襲われた。過ちを繰り返した。

あろうことか彼は、息子にも危害を加えていた。

怖い。自分が傷つけられることよりも恐ろしいことが起こるなんて。

自分と灯夜が朔を選ぶということは、そうなる危険性が増すということでもあるのだと痛感した淑乃は、傍にいた女性が席を外したのを見て。

パジャマにスリッパという格好で思わず逃げ出していた。

——あたしがいなくても、トーヤは生きていける。あたしがいるから、彼らがおかしくなる。

海堂一族と因縁を持つ自分は朔の恋人である以前に香宮の最後のひとり。

息子がいるからとはいえ、そう簡単に結ばれることなどありえない。

暁を傷つけ、追い詰めたのは自分だ。

そしてその結果、朔も傷つけている。

自分などいないほうが、姿を消したほうが、彼らの未来は安泰なのではなかろうか。

絶望を胸に、淑乃はひとけのない土曜日の朝の大学敷地内へと姿を消した。

＊＊＊

「おじさん？　そんなに急いでどうしたの？」

「……トーヤくん」

「ママなら向こうの仮眠室で休ませてもらってるって井森さん言ってたよ」

「そう、か」

淑乃のマンションを飛び出し、まず向かった先は大学付属病院。息を切らしながら広い待合スペースにたどり着いた際に、検査結果を待っていた篠塚の後輩医師と灯夜と鉢合わせた。灯夜は朔を見つけて目を丸くしたが、母親を見舞いに来たのだろうと解釈してにこりと微笑む。

きっと灯夜は検査を受ける前に淑乃の様子を聞かされたのだろう。母親が自分にとって兄のような暁に薬を盛られて襲われそうになったという内容を彼はどう思ったのだろう。目覚めたときに篠塚から説明を受けた灯夜少年はそのとき無表情だったが、朔が淑乃を助けに来てくれたから大事に至らなかったことがわかってひとまず安心はしているらしい。

はじめのうち灯夜は朔に対して「おじさん」と警戒心を持っていたが、自分の母親がずっと好きでいたという彼もまた彼女を大事にしている様子がうかがえたからか、今の口調は砕けたものに変化している。朔が病院まで駆けつけてきたのも、母親が心配だからだと理解したのだろう、ふたりの世界を邪魔してはいけないと考えたのか、灯夜は朔に早く行くよう促す。

「きっとママ待ってるよ。あと、僕は検査の結果が出たら先に篠塚先生のところで待ってるからって伝えてね。いいこで待ってる」

「あ、ああ」

「ママのことよろしくね。暁おにいちゃんにヒドいことされて、泣いてると思う……から」

きっと灯夜は自分の母親が姿を消したことを知らされていないのだろう。ただ、信頼していた人物に牙を向けられたことの苦しさを、灯夜は今の自分では癒せないと悟って、朔に託している。母親が一途に想っている朔なら、暁に傷つけられた彼女をもとに戻してくれると、純粋に考えている。

朔は何も言えなくなる。

自分と同じ漆黒の髪と瞳を持つ少年は、誰よりも淑乃を見ていた。気づいていた。暁が長い年月をかけて彼女を狙っていたことも、篠塚が彼女の番犬になって自分の父親代わりを演じてくれたことも、そして——

「パパ、ならできるでしょう?」

「!」

自分が灯夜にとっての本物のパパであることも。

「顔真っ赤だよ、おじさん」

「……くそガキ。気づいてたのかよ」

「だって、ママが夜はパパの色って僕に教えてくれたんだ。ママとパパと僕の髪と瞳の色は……おんなじなんだよって」

無邪気におんなじと破顔する灯夜を前に、朔は決意を新たにする。

「そうだな。ママはすぐに元気になる……それまで篠塚先生のところで待っていてくれるか」

「ん!」

朔は先に戻っているとわがままひとつ言わずに篠塚の後輩医師と歩いていく小さな背中を凝視する。彼のためにも彼女を取り戻さなくては。きっと彼女は妙な責任感に捕らわれて、申し訳ないと隠れてしまったのだ。そのうえ精神状態が安定していないから、ふだん以上によけいなことを考えて、病院を飛び出してしまったに違いない。

それでも。

何があっても起こっても、今度こそ朔は淑乃を手放さないと決めた。

なんせ野良猫のような彼女を捕まえて、大丈夫だと甘やかすことができるのは……朔だけに認められた特権なのだから。

Chapter3　月のない夜の求婚

「メルボルンから帰って来いだと？　朔が何かやらかしたのか？　え、暁の方？　いや、俺は何も聞いてない……隠し子⁉　どっちの？　っていうか朔が？　あいつ、そんな素振りぜんぜん見せてなかったぜ。暁が孕《はら》ませたってのならわからなくもないけどさ……で？　あー悪かったよ、俺が朔の結婚式で花嫁の逃亡に手を貸したってのはホント。あの朔の葬式のような顔見たらわかるだろ？　政略結婚なんて今の時代おかしい！　あんなんで会社継がせたところで傾くぞ。向こうだってジジイ世代が一方的に盛り上がっていただけで。そんなことしたら俺が社長の座奪うから。ちょ、そこでうろたえるなよ兄さん……あ、それで隠し子って誰の子？　俺が知る限り朔は暁と違って学生時代から香宮のお嬢ちゃん一筋だから……兄さん？　そこ絶句するところじゃない。香宮の娘が朔と学生時代に付き合っていたのは暁も知ってることだぜ。ただ、あのお嬢ちゃんは海堂一族との因縁を気にして朔が社会人になる前に別れたって暁から訊《き》いたんだけど……そのときにすでに妊娠してたってこと？　へえ。面白いことになってるじゃないか。それで兄さんはどうしたいの？　……って問題はそっちじゃない？　暁が何？　んぁ――朔の女と息子に手を出した⁉　あちゃー、それで暁をこっちに飛ばしたいってわけ。俺と入れ替える感じで？　了解」

国際電話で兄の明夫から伝えられたことに突っ込みを入れながら、海堂陽二郎は苦笑する。

甥《おい》の暁が香宮の最後のひとりに執着していたことは知っていた。姉の光子を苦しめた男と香宮家の令嬢のあいだに生まれた淑乃という名前の娘。暁が尊敬する兄の恋人が自分たち一族と因縁を持つ娘だと知ったのは、ふたりが別れてからのことだから、騙《だま》されたと思ったのかもしれない。その執着が恋情へ変わっていく過程は知る由もないが、兄が別れてからも彼女を想い続けていることに憤りを覚えていた暁の姿は忘れられない。

「秘書に伝えとく。残りの仕事は帰国後にリモートで行う。暁が現場に入るならなんとかなるっしょ」

重婚まがいの罪に巻き込まれて一族を破滅へ導いた海堂の人間を厭《いと》っていた淑乃の母と、陽二郎は一度だけ身体を重ねたことがある。

彼女は何も知らない箱入り娘だったはずなのに、夫に欺かれ、香宮を断罪した陽二郎の父親のせいで、娼婦《しょうふ》のようにさまざまな男と関係を持つようになっていた。大学周辺で男を漁る女の姿を見て、当時学生だった陽二郎は思わず声をかけてしまったのだ。彼女の正体が、香宮家の元令嬢だったことなどつゆ知らず。

誰かに話を聞いてほしかったのだと彼女は陽二郎に告白した。そうすることでしか生きていけないのだと、絶望していた彼女に、陽二郎は惚《ほ》れてしまった。いつか彼女に己の正体を明かして謝らなければと思っていたのに、彼女は一人娘を遺して逝ってしまった。

墓参りで出逢《であ》った淑乃は儚《はかな》げな母と比べて生き生きとしていた。母親との確執が解消されないまま死別してしまったことを悔いているようにも見えたが、失礼ながらこの子はそう簡単に折れないだろうと思った記憶がある。きっと光子の図太い元夫の方に似たのだろう。

不愛想な甥っ子の傍に置いたら面白いことになりそうだな、と思ったのがすべてのはじまり。

復讐《ふくしゅう》を匂わせて、淑乃に朔のことを伝えれば、彼女はやすやすと彼を虜にしてしまった。まさかその弟の暁まで引き寄せてしまうことになるとはそのとき考えもせず。

「……横恋慕か」

あれから十二年。淑乃は姿を消していた。朔は会社のために父親が用意した花嫁を娶《めと》ろうとしていたが、陽二郎は朔が親の言いなりになることが許せなかった。朔が淑乃のことを引きずっているのは誰が見ても明らかだったからだ。暁も愚痴っていたではないか、初恋を拗《こじ》らせた兄が頼りなくて困る、と。それならばいちど、結婚式をぶち壊してしまえ！

……その結果がこれかい。

——朔と淑乃の間には実は隠し子がいて、あろうことか暁も淑乃を求めるあまり暴走してしまいました、とさ。

「彼女は海堂の男たちにとっての毒なのかもしれないな。わかったよ、いちど戻ったら朔に……で、暁はいつ来るの？　はぁ？　もう飛行機に乗せただと……⁉　それを先に言えっ！」

受話器をたたきつけ、陽二郎は頭をかかえこむ。

暁に仕事の引継ぎをしたら、すぐに沓庭に戻らなくては。

秘書に兄からの電話の内容を伝え、甥の暁がこちらへ来る旨を知らせると、困惑の様相を見せながらも彼は陽二郎の指示に従う。

あと数時間もすると失恋で憔悴《しょうすい》した暁が陽二郎のもとに現れる。

結婚に失敗したくらいで弟を社長にしようと考える奴らは、今回の突然の異動をどう思うだろう。暁を推していたものの多くは単に朔と馬が合わないだけだから、暁が姿を消したら消したで今度は暁に代わって戻された陽二郎につくだろう。

現場をまわる陽二郎を慕う人間は多いが、それは彼が現場のトラブルを兄明夫からの明確な指示と見識で解決しているからにすぎない。朔はその明夫のやり方を直に叩《たた》き込まれているサラブレッドだ。暁がいくら真似しようとしても、技術者としての能力を引き出されただけの彼と、それ以上にリーダーとしての資質を何年にも亘《わた》って身に着けてきた朔との間には歴然とした差が存在していた。それを間近で見てきたから、陽二郎は暁に目をかけていたのだ。暁が朔に必要以上のコンプレックスを持たないように。それでも暁は精神的に脆《もろ》くてしょっちゅう不眠に悩まされていた。朔が想いつづける淑乃に思慕の念を抱いたのも、もしかしたらコンプレックスの裏返しだったのかもしれない。

「けど、さすがに兄の恋人に手を出すのはやりすぎだぞ……ったく、一から躾《しつ》け直さなきゃいけねーな」

面倒ごと増やしやがって、と毒づきながらも、どこか楽しそうな陽二郎なのであった。

＊　＊　＊

病院から逃げ出した淑乃は自分が病院のパジャマとスリッパのままでいることに気づき、慌てて大学小ホールの裏手にあるクラブハウスへ潜り込む。かつて劇団のヘルプで何度も通ったそこには、年齢不詳の変わり者が鍵をかけずに寛いでいた。

「良かった、いた！」

「あらよしのちゃんじゃないの……こっちに来るなんてどうした？　そんな破廉恥な格好で、まさかオトコに襲われた？」

「似たようなもんよ。いいから着替えちょーだい」

「ったく、衣装なら腐るほどあるから適当に見繕いなさい」

「ありがと、白炭《しらすみ》先輩」

アートカフェ＆レストランバー『ホワイトチョーク』の店長、白炭蘭《らん》は沓庭大学芸術学部を卒業後にアートを愛する学生たちのための隠れ家をオープンさせた張本人だが、店を開けていないときはたいていクラブハウスにある美術室で悠々自適に過ごしている。この、『アート集団ナヒト』のメンバーが集って制作をするための部屋はふだん鍵をかけられているが、サークルの名誉会員である白炭はこの部屋の主として認められているため、自由に出入りできる立場にいるのだ。

絵画だけでなく演劇の舞台装置も制作する彼女は他サークルの舞台美術責任者としての評価も高く、衣装や小道具も器用に作るので、後輩からも一目置かれている。若い頃は舞台の仕事で食べていくことも考えていたらしいが、結局舞台は趣味の一環として学生たちと楽しみながら、料理人の夫とともにお店の経営を本業にして地に足の着いた生活を送っていた。

彼女は、淑乃が大学に入学した時には既に卒業していたが、小柄で童顔ゆえにいまも大学生といっても通用しそうな見た目を保っている。確実に四十歳は過ぎているはずの美魔女は、今日もギンガムチェックのシャツとチノパンというラフな格好をしていた。

そんな彼女が病院のパジャマと黄緑色のビニールスリッパの淑乃の姿を前に呆《あき》れた声をあげる。

「よしのちゃん、アタシがいなかったらどうしてたのよ。病院のパジャマとスリッパなんて、パニックムービーのオープニングみたい……」

「通報されますすね、さすがにこれじゃ」

乾いた笑みを浮かべながらボタンをはずしていく淑乃をちらりと見やり、白炭はやれやれと息をつく。

「前言撤回するわ。どうせ怖い夢でも見て逃げ出したんでしょう？」

「……先輩、今日は無駄に鋭いですね。なんか変なものでも食べました？」

「おかしいのはよしのちゃんの方じゃないの？　恋なんかしないって言ってたあんたが昨日の夜はオトコ連れて隠れ家《ウチ》に来るし、今朝は大学病院のパジャマとスリッパで逃走劇。何があったの？　トーヤくんは？」

「説明するといろいろ面倒くさいんです……」

「カウンセラーって面倒ね。他人の話は聞き上手なのに自分のこととなると貝みたいに口閉じちゃって」

「余計なお世話です」

衣装が入ったボックスから白衣と白いワンピースを取り出した淑乃は、そそくさと着替えながら白炭の言葉を受け流す。

「それ、サイズが小さいわよ。よしのちゃんが着るとミニスカドレスみたい」

「この上に白衣羽織るんで問題ないです……なんで白いドレスばっかりなんですか。もっとふつうの衣装ないの？」

「次回のハイスピーディームーンの演目が『七人の花嫁』なのよ。ドレスの試作品たくさん作ったんだけど監督に肌出しすぎって文句言われてさぁ、無駄になっちゃったの。せっかく形にしたのにすぐに断裁するのももったいないからしまっておいたんだけど、ちょうどよかった。よしのちゃんに免じて一着あげるわ……ってこれに白衣羽織るの？」

「白衣があればそんなに目立たないですよ。あと、このサンダル借りますね」

「なんか新米女医のコスプレになってるけど」

「白衣はコスプレ衣装じゃありません。あたしの戦闘服なんです」

うんざりした表情の淑乃の言葉などどこ吹く風とばかりに白炭は脱ぎ捨てられたパジャマを拾い上げていく。

「このあとどうするのよ」

「そうですね、病院に戻ります」

「へんなとこ律儀よね。逃げ出してきたのに」

「逃げたのは一時的なことです。白衣を着たら落ち着きました」

「そこ落ち着くところじゃないと思う……まったく」

心配する白炭を無視して、淑乃は満足そうに等身大の鏡に自分の姿を映し出す。ミニスカ丈のウェディングドレスは三十二歳の自分には痛い格好だが、白衣でカバーすれば問題なし。素足にナースサンダルは病院のスリッパよりも履き心地がいいし、脱げることなく走ることができる。さきほどまでの死にたくなるような絶望感はどこへやら、鏡に映るのはふだんの明るく楽観的な淑乃だ。

「まあ、心理療法でもあるっていうしね。メイクで自分をアゲるとか、いつもとは違う自分を演出するとか」

「そういうこと」

「よしのちゃんが元気になったならいいわ。ただ、肝心の事情がわからないわ。先日のオトコ、昔よしのちゃんが付き合ってた海堂の御曹司の兄の方でしょう？　弟には知らせていない場所に彼を連れてきて、イチャついてたじゃない」

海堂一族の御曹司兄弟の存在は地元に長く暮らす人間に知れ渡っている。長年大学に入り浸っている白炭もまた、学生のころから海堂兄弟を遠くで観察していたひとりだ。淑乃が学生時代に朔と付き合っていたことも当然知っている。

「……そこは知らないふりしてくださいよ」

「別によしのちゃんが誰と付き合おうが文句言わないけどさ。トーヤくんのこと、ちゃんとしなさいよ」

「トーヤはわかってると思うんです……サクくんが父親だってこと」

「それで、海堂一族に息子を託して自分は逃げようなんて思ったの？」

「ニュアンス的にそんな感じ」

「そしたら弟に襲われた、と」

「そっちが先」

「……あー、つまり兄とよりを戻したらそれを快く思わない弟に襲われて病院に運ばれてそこから逃げ出した？」

「さすが先輩。よくわかりましたね」

「いやわかってないから。海堂弟は一時期劇団でも役者の女の子に二股かけて騒がれてたなぁ……そーかそーか。で、最後までしちゃったの？」

「それはない、です……サクくんが助けに来てくれたから」

睡眠薬を口移しで飲まされて、意識が朦朧《もうろう》としてきたなか、着ていた服を脱がされて……このまま流されるのはダメだと気力を振り絞って暁に向けて頭突きをしたのと同時に、朔の声がして、彼のコートに身体を包み込まれたのは覚えている。

ただ、目を覚ました場所が病院の仮眠室で、井森が心配そうに顔を覗《のぞ》き込んでいて、その顔がかつての母親に見えて錯乱して。

記憶がすこしの時間錯綜《さくそう》してしまった。

そして鎮静剤で一時的に頭の中で悪いことばかり再生されて、苦しくなったのだ。

「じゃあ、どうして逃げ出したの？　海堂兄と復縁してめでたしめでたしでいいと思うんだけど」

「……あたし、香宮の最後のひとりだから。それで身を引いたんですよ」

「それは院時代にきいた。今のよしのちゃんの気持ちをアタシはきいてるの」

「今？」

「そ。あたしはひとりで生きていける、ってずっと頑張ってたよしのちゃんだから、アタシは好きな人と結ばれてもっともっと幸せになって欲しいなぁって思うんだけどね……相手が大企業の御曹司で過去に因縁があるとなると、そこで引っかかっちゃうの？　あたしが知ってるよしのちゃんはそこまで弱くないと思ったんだけど」

「先輩、買いかぶりすぎです。あたしはトーヤを守るために強くなろうと努力しているだけ……そうじゃなきゃこんなふうに逃げ出さないでしょう？」

鎮静剤の効果が切れたからか、今の淑乃は自己分析をするだけの余裕が持てるようになっていた。

けれど、強がっているのに疲れたのは事実で、そこから逃げ出した自分と向き合うまでには至っていない。

そんな淑乃を見て、白炭がやさしく諭す。

「パジャマから白衣に着替えて、いつもの自分を取り戻したでしょ。ちゃんと海堂兄と話しておいで」

「……でも」

「トーヤくんだっていきなりママがいなくなっちゃったらパパが現れたときよりショック受けると思うし。いつまでもこんなところにいないで、病院に戻ってみなって」

きっと海堂兄、心配していると思うよ、とくすくす笑う白炭に、淑乃もこくりと頷《うなず》く。

朔のことだから大学敷地内を大声で叫びながら淑乃を探しているんじゃなかろうか。かくれんぼの鬼みたいに。

それはかなり恥ずかしい。病院から逃げ出すなんて幼稚なことをしたのは淑乃の方だけど、いつまでもかくれんぼをしているわけにはいかない。白炭の言うとおりだ。

「先輩ありがと。ちょっとスッキリした」

「無理しないでちゃんと海堂兄に言いたいこと言いなね。仲直りしたらまたお店に来て、ちゃんとアタシに紹介して」

「えー」

「特製ティラミスご馳走《ちそう》してあげるからさ」

「しかたないなぁ……そのときはお酒もよろしく」

「ジンジャーエールじゃないんだ」

「たまにはいいでしょ。もう立派な大人なんだし」

「立派な大人だと思うなら、とっとと出ていきな！」

まったくもう、ああ言えばこう言うなんだからと毒づきながらミニスカウェディングドレスに白衣を羽織った淑乃を部屋から追い出して、白炭は彼女のいなくなった室内でぽつりと呟《つぶや》く。

「待ってるから……今度はトーヤくんも交えて、家族三人でごはんにおいで」

＊　＊　＊

朔が灯夜と別れて病棟に向かうと、そこには茫然《ぼうぜん》自失状態の井森の姿があった。朔の姿を認めて我に返ったのか、淑乃が消えるまでの一部始終について説明して、申し訳なさそうに瞳を伏せる。

「暴行の痕はないとの診断が出たので仮眠室で休んでもらっていたんです。ただ、彼女が意識を取り戻した際にわたしを誰かと勘違いしたみたいで、それで取り乱しちゃって……鎮静剤を打ったら落ち着いてくれたんですけど、席を外している間に」

彼女が病院のパジャマとスリッパという入院患者のような姿でふらりと外に飛び出してもうすぐ二時間が経過するという。そのあいだ、病院内で彼女を見かけたという報告はなかった。大人ひとりが姿を消しただけだから警察にはまだ連絡していないと井森は朔に言う。大事《おおごと》にしたくはないが、夕方までに見つからないようなら警察に相談するしかないだろう。

時刻はまもなく午前十一時になろうとしている。

「記憶が混濁していると言っていたけど……高校時代のことか」

「ええ」

言葉を選びながら、淑乃の過去について訊ねる朔に驚きながらも、井森はどこか納得したように首肯する。

「海堂さん、ご存じだったんですね」

「ああ……よしのが教えてくれた。でも、弟はそんなこと知らないから」

「知らないからって許されることじゃありません。怖い目に遭って……」

「すまない」

「どうしてあなたが謝るんです！ もっと早く迎えに来てくれれば良かったのに……ヤリ逃げヘタレ御曹司！ これでよしのちゃんに何かあったら……」

泣きそうな顔で責められて、朔はもういちど「すまない」と項垂れる。

五年近く一緒に働いているという淑乃の職場の同僚は、ひとりで灯夜を育てている彼女がどれだけ大変だったか、ストーカーのような暁からどれだけ逃げ回っていたか知らないでしょうと恨めしそうに朔を睨《にら》む――けれど、遠くからの一声で、緊張の糸がほどけたかのように穏やかな表情を取り戻し、ああ、と泣き崩れる。

「――もう。大丈夫だからそんなにサクくんを責めないでよ、イモリちゃん」

朔が顔を上げると、そこには真っ白なミニ丈のワンピースに白衣を羽織った、自分を取り戻した淑乃の姿があった。

＊＊＊

「暁はもう日本を出た。あと、よしのの携帯電話の履歴はアプリの本体システムからすべて削除したから作動しないって」

「……オーストラリアって、これから冬に向かうのよね」

「ああ」

病院に戻ってきた淑乃は心配かけてごめんね、と井森に診療所から携帯電話を取ってきてくれるように頼み、朔とふたりきりになる。

朔は淑乃が無事なのを確認できたからか、ふだん以上に言葉が出てこない。黙っているのも気まずい、けれど淑乃からは何も言ってくれない……悩んだ末に出てきた言葉は、父親が早朝に下した暁の処遇だった。灯夜が目覚める前に届いた一方的なメールに、朔は複雑な気分になったが、警察に被害届を出そうなんて考えてもいなかった淑乃はそっか、と淋しそうに笑うだけ。七年間も監視していた暁から逃れられたことには安心したようだが、まさか海外に飛ばされるとは思ってもいなかったようだ。

無事に逢えたら伝えたい言葉がたくさんあったはずなのに、朔は淑乃を見つめることしかできない。

病院のパジャマにスリッパという格好で姿を消したというのに、なぜこのような真っ白なワンピースと白衣を着ているのか。

病院から逃亡した際にどこに行っていたのか。

聞きたいこともたくさんあるのに。

「ねえ、サクくん」

「よしの」

甘い声。けれどもお互いどこか遠慮した空気が漂う。

そんなふたりの間に割って入ってきたのは、淑乃の携帯電話を診療所から取ってきた井森だった。篠塚のところへ淑乃が無事に見つかったことも伝えてくれたらしい。しばらく海堂さんを独り占めさせてあげてくださいという余計な一言も添えて。

「そんなわけであなたたちふたりは本日フリーです。異論は認めません。はいこれ、よしのちゃんの携帯。言いたいことちゃんと言わないとダメだからね。海堂さんも、彼女のことが大切なら、ちゃんと誠意を見せてください。わたしからは以上です！」

そう啖呵《たんか》を切って、井森はふたりの前から姿を消す。

残されたふたりは顔を見合わせて、照れくさそうに微笑する。

そして淑乃が口を開く前に、朔が彼女を抱き寄せる。

「――このまま俺に攫《さら》われてくれるか？」

淑乃は言葉を返す代わりに、自分から彼の唇に自分のそれを重ね、素直に身を委ねる。

＊　＊　＊

「サクくんも、着替えればよかったのに……昨日からずっと同じスーツ着てて疲れない？」

「よしのみたいに劇団の衣装を着こなす度胸はないよ。それ、花嫁衣裳《いしょう》だろ？」

「えへ、ばれた？」

さすがに白衣を着た状態で外に出るのはどうかと朔はいったんは脱がそうとしたが、ウェディングドレスの肩や胸元の露出を見て、やっぱりだめだ目の毒だこんなのほかの人間に見せられないと慌てて白衣を羽織らせたのである。淑乃はそんな朔のたじろぐ姿を面白がっている。

「これから迎えが来るんだし、気にしなくても大丈夫だと思うけど……」

淑乃とともに病院をあとにした朔は、真昼の月が浮かぶ雲ひとつない青空の下、携帯電話で車を手配する。本当は大学のヘリポートを借りてヘリコプターを飛ばしたいなどと、とんでもないことを言っていたがさすがにそれは目立つからやめてくれと淑乃は引き留めたのだ。こういうことをさらりとやってのけてしまう朔を見ていると、やはり彼は次期社長に見込まれた御曹司なのだなと思い知り、質素な生活を送る自分との差に落ち込んでしまう。

けれど朔はそんなことよりも淑乃が着ている服の露出度が高い方が気になるらしい。淑乃は心配しすぎだよと苦笑しながらくたびれたスーツ姿になった彼を見つめる。

「俺が気にするの！」

はぁ、とため息をつきながら朔は恋人を背後からぎゅっと抱きしめる。

こんな姿、暁に見せていたら未遂じゃ済まなかっただろうなと考えながら。

弟の暁が淑乃にしようとしていたことを思い出すだけで腸《はらわた》が煮えくり返るが、自分だって似たようなものだ。彼女を前にすると、おかしくなってしまう。大切にしたいのに、それ以上に自分を求めさせたくなってしまう。そしてなにより……。

「こんなよしの……抱きたいに決まってるじゃねーか」

くすくすと笑う白衣の花嫁が愛しい。弟に傷つけられた彼女を思うと、強引に抱くことはできないけれど。

このまま時間をかけて身体のすみずみまで、丹念に慰めてやりたい。

「ちょ、サクくん、本音が駄々《だだ》洩《も》れ……だよ」

＊＊＊

朔が手配した黒い車に乗せられた淑乃は、ハムとチーズのサンドウィッチを朔に手渡され、はむはむと食べていた。空腹が満たされるだけで気持ちはずいぶん楽になる。水筒に入った紅茶も茶葉から淹《い》れられたもののようで、口に含むとアールグレイラベンダーの芳《ほう》醇《じゅん》な香りが淑乃をやさしく迎えてくれた。海堂家特製のサンドウィッチはおいしいだろ？と、隣でくつろぐ朔に言われて淑乃はうん、としあわせそうに微笑む。

ひととおり食べ終えた淑乃は、ごちそうさまでしたと朔の肩にちょこんと頭をつけて、恥ずかしそうに口をひらく。

学生や研究者たちが集う街、研究学園都市沓庭は山の麓につくられた陸の孤島である。けれどもいま、車は海沿いを進んでいた。

「ところでサクくん、どこに連れていくつもり？　山からはなれていくけど……」

「海沿いに海堂の分家が管理している不動産があって、そのうちのひとつが俺の名義になってるんだ」

「へ」

「誰にも邪魔されない海沿いの別荘《コテージ》だよ。そこなら淑乃がこの格好でも許せる……まぁ、帰る時までに新しい着替えを用意させるけど」

「……」

車を運転しているのは西岡《にしおか》という老紳士だった。もともと社長秘書として有能だった彼はK&Dを退職後に再雇用されており、沓庭にある本家の管理人という立場にいるのだという。社長の息子である朔と暁の兄弟の送迎を幼い頃から担当していたことから、朔は彼を信頼している。さすがに成人してからは頼ることも減ったが、将来をともにしたい女性を紹介するいい機会だと考えて朔はあえて西岡のもとに電話をかけたそうだ。

「西岡、彼女が俺の恋人だよ」

「……香宮淑乃です」

「存じております」

香宮の最後のひとりとして一族にマークされている淑乃のことを、当然西岡も知っていた。西岡は一瞬だけ険しい表情を見せたが、車の中で朔が淑乃を大切に扱っているのを見たからか、海が見える高台で車を降りる際には表情を和らげていた。

外に出れば潮の香りと雲ひとつない蒼《あお》い空に迎えられ、白いお城のようなコテージが姿を見せる。まるで外国の映画のようだと朔に手を引かれた淑乃はその光景に感嘆の声をあげる。

「わ……！」

「天気が良くて良かった。波も穏やかだな」

仲睦まじく手をつないだまま海を眺める朔と淑乃の姿を眩《まぶ》しそうに見つめていた西岡は、夕方になったら迎えに来ると口にして車に乗り込む。その際に自分たちの着替えを持ってくるよう頼んだ朔は、窓越しに声をかけられて表情を引き締める。

「坊っちゃん。ご自分の立場はわかってらっしゃいますよね」

「わかってるさ。だけど俺は、彼女じゃなきゃ結婚しないからな」

見ていればわかりますよと素直に認めた彼は、白衣をコートのように羽織っている淑乃に視線を向けて、「坊っちゃんをよろしくお願いします」と悪戯っぽく笑ったのだった。

＊　＊　＊

コテージの鍵をあけて、エントランスに淑乃を導いた朔は、その場で彼女をきつく抱きしめ、羽織っていた白衣を脱がせてしまう。白いナースサンダルにミニスカート丈のウェディングドレス姿にされた淑乃は頰を火照らせながら、彼の前で戸惑いを見せる。

「ちょ、サクくん……⁉」

「よしの。ごめん。もう俺、よしのを手に入れるためなら、よしのと結婚するためなら手段を選ばないから」

「あ、んっ……」

そのまま彼に唇を奪われて目を丸くする淑乃に、朔が悔しそうに呟く。

「暁にキスされたんだってな……誰にも渡したくなかったのに」

「サクく……」

「あのときもっと早く到着できていれば……暁に気をつけていれば……よしのを傷つけることなんかなかったのに」

「大丈夫だよ。サクくんはちゃんと来てくれた……いけないのはあたし」

「そんなことない！　よしのが自分を責める必要なんかどこにもないんだ。よしのが病院から姿を消したって聞いたとき、俺は心配でたまらなかったんだ。よしののことだから大丈夫だって篠塚先生もトーヤも言っていたけど、それでも不安だった……こうして何度もふれて確認しないと、俺は安心できない……」

朔は、しょんぼりする淑乃に言い聞かせるように、滔々《とうとう》と思いをぶつける。たくさん、口づけを与えて、暁にされたことを上書きして。

いた。

啄《ついば》むようなキスを何度も繰り返されてぽってりとした唇は、熟れた林檎《りんご》の色に染まって

「トーヤ……が？」

「ママはおじさんのことを待ってるよって自信満々に言われた」

「おじさん」

「ひどいよな、実の息子が父親に向かって『おじさん』だなんて」

「……そっか。トーヤ、ほかに何言ってた？」

とろんとした漆黒の瞳でこちらを見つめながら、息子のことを訊いてくる淑乃を前に、朔は逡巡《しゅんじゅん》する。朔を魅了してやまない黒真珠の双眸《そうぼう》。冷たい印象を与える硬い石のような朔の瞳とはまた違う、おろしたての墨汁のような柔らかな色……そういえば灯夜も黒髪黒目で母親似と言われていたが、瞳は朔が持つ夜色の煌《きら》めきを抱いていた。やはり彼は自分と淑乃の間に生まれた息子なのだなと痛感する。

「暁にひどいことされて泣いてると思うからよろしくって頼まれた。パパならできるよね、だってさ」

灯夜が朔のことを素直にパパって口にした？　……照れくさそうに伝える朔の様子を前に、淑乃の瞳から涙が浮かぶ。

「トーヤってば……」

「だからよしの。ちゃんと元気になって帰ろう。それまで俺がたっぷり甘やかしてあげる

から」

「……それは、だめ……」

朔の言葉に表情を曇らせた淑乃を無視して、彼は舌を差し込んでくる。丁寧に撫《な》でるように動く舌に、淑乃も釣られて自分のそれを絡ませていく。

海の波音が響く中、淑乃がふらふらになるまで執拗《しつよう》にキスをつづけた朔は、彼女の潤んだ瞳がこの先を求めていることに気づいて困惑する。

そんな朔を試すように、腕の中の淑乃が甘く誘う。

「サクくんお願い——甘やかさないで、あたしをめちゃくちゃにして」

その懇願に、朔は何も言えなくなる。

昨晩、暁に無理やり抱かれそうになった彼女は、やけっぱちになっているのだろう。大丈夫だなんて嘘《うそ》だ。心はまだ、傷を癒やしきっていない。それなのに淑乃は朔が欲しいと訴えてくる。煽《あお》るようなキスを何度もした自分も同罪だが、めちゃくちゃにしてと言われるとは朔は思いもしなかった。

思わず黙り込んでしまった朔に、淑乃はさらに言葉を重ねる。

「甘やかされたらあたしは今後も無意識にサクくんのことを傷つけちゃうと思うんだ。アカツキくんを追い詰めたときみたいに。だから、サクくんのことしか考えられないくらい、激しくされたい」

「……よしの」

「サクくんになら、ひどいことされてもいいよ。なんなら縛ってもいい。どうかあたしを罰して、壊し……ンっ！」

「だーめ」

これ以上自分を蔑ろにするようなことを口にしないよう、朔は淑乃の唇に蓋をする。

「ショック療法の相手はお断り。さっきも言ったよね。たっぷり甘やかしてあげる、って」

「でも」

「俺は、よしのが大切だから、宝物のように大事に抱く……傷つけるようなことはぜったいしない」

「アッ」

むき出しの肩にキスを受けて、ぴくっと淑乃が身体を震わせる。暁にキスされた唇を朔によって何度も塞がれ、舌先で口腔《こうこう》の奥まで深く探られ、立っているのもやっとの淑乃は、朔の腕の中で弱々しく声をあげる。

「じゃあ……続きはベッドの上がいい」

「かしこまりました。お姫様」

お姫様なんて柄じゃないよと顔を赤くする淑乃をひょいと横抱きにして、朔は勝ち誇ったようにうそぶく。

「訂正する？　俺の花嫁さん」

＊＊＊

寝室の窓からは海が見えた。レースのカーテンが白波のように、海からの風を受けてゆらゆらと揺れている。白いベッドの上にやさしく下ろされた淑乃は、青い空にぽっかりと浮かぶ白い真昼の月を見つけて思わず声をあげていた。

「サクくん、月が見える！」

「ほんとだ。なんだか俺たちを見てるみたいだな」

「う、ん……」

そう言いながら朔が淑乃を抱きしめて、額にそうっとキスをする。

「よしの。俺の気持ちは変わらないよ」

「サク、くん……ぁっ」

そのまま、朔はドレスの背後に隠れていたジッパーをするすると下ろしていく。白い花びらが一気に広がるように、胸元から腰までの布地がふわりと舞い落ちて、薔薇《ばら》色のブラジャーだけが心細げに谷間を飾っていた。

そのブラジャーを見て、淑乃は一瞬だけ顔を歪《ゆが》めてしまう。昨晩暁に「案外かわいいブラジャーしてるんだね」と言われホックをはずされて露出した乳首を両手で抓《つね》られたことが夢じゃないことを思い出してしまったから。

そんな淑乃の表情の変化に気づいた朔は、何も言わずにブラジャーのホックをはずし、ひょいと床に投げ捨てて彼女の上半身をはだかにしてしまう。びくっ、と身体を強張らせる淑乃を安心させるように、朔は彼女にキスをしながら、胸元への愛撫《あいぶ》をはじめる。

彼の繊細な指先は胸のふくらみを包みながらゆるやかに乳暈《にゅううん》の周囲へ弧を描く。口づけで奏でられる淫らな水音とともに繰り返される行為に、ふれられてもいない乳首が存在を強調するかのように勃ちあがっていた。

「よかった……感じてくれてるんだね」

「ごめんなさい、サクくん……よごれたあたしで」

「そんなことない」

「アンっ……！」

未遂とはいえ暁に穢《けが》されたことを悔やむがゆえに自分を蔑む淑乃の言葉を、朔はどこか怒りのこもった声で否定する。そういえば学生時代にも、自分は汚いと言って朔を怒らせたことがあった。そのときも彼は淑乃を一日中抱いてわからせたっけ。

ツン、と勃ちあがった乳首を指の腹で突かれて、淑乃の背中がぴくりと反り返る。まるでもっと彼にふれてほしいと求めるような彼女の反応を見て、朔は己の顔を彼女の心臓の部分へ近づけて、ぽつりと呟く。

「――よしのは誰よりもきれいで、美しいよ」

「サク、く……あぁっ」

彼の舌が淑乃の胸の先端にふれる。舐《な》められながら背中を撫でられ、淑乃はひくひくと身体を震わせる。学生時代に朔の手と口で何度も愛撫されて彼に調教されたこの身体は、年月が経過しても変わることなく、むしろさらに求めるように淫らな反応をするようになっていた。

もう、他の何人《なんぴと》たりとも受け入れられないのだとわからせるような、彼の無言の責めに、淑乃は抗えない。

舐め回された乳首がてらてらと光を浴びていやらしく煌めく。上半身だけ脱がされたウェディングドレスを下半身にたわませている淑乃の姿はまるで白い花の妖精のように可《か》憐《れん》で、朔の欲情をさらに煽っていく。

「めちゃくちゃにはしないけど、俺のことしか考えられないくらい、気持ちよくしてあげる」

――だから暁にされたことなど快楽で上書きして、もっと乱れてほしい。

いつしか寝台に縫いつけられるような体勢になって、淑乃は朔の愛撫を受けていた。

長い時間、胸ばかり責め立てられて、淑乃の乳首は大きく勃ちあがったまま、真っ赤に染まっている。暁にされたことを忘れてしまいそうな、蕩《とろ》けるような官能の波に、淑乃は飲み込まれ、甘い啼《な》き声をあげていた。

「アァン、いいっ……ッア……サク、く」

「まずは胸だけでイって。上手にイけたら、今度は下だからね」

「アッ……ン」

朔は淑乃の乳首を咥《くわ》えながら囁いて彼女を翻弄する。暁に穢されたと落ち込んでいる彼女を慰めるために、朔はひたすら彼女が気持ちよくなれるよう、自分の欲望を抑えた状態で淑乃を絶頂に導くことだけを考えていた。

やがて淑乃がひくんひくんと身体を弾ませ、長い吐息と声にならない声をあげて朔にしがみつく。

「――ッ、ァア――！」

「かわいい。声我慢しなくてもいいのに……もっと責め立てたくなるじゃないか」

「ンッ……サク、くんっ、もぅ……ああん！」

軽く達したばかりの淑乃の乳首を甘嚙《あまが》みしながら、朔は彼女をさらなる快楽へと沈めていく。何度も胸だけを執拗に揉《も》まれ、吸われ、舐められ、嚙まれ……淑乃は朔にされるがまま、甘えるような声で啼く。

彼女の下半身が疼《うず》きだしていることに気づかないふりをして、朔は顔を起こして淑乃の唇を奪い、とろんとした表情の彼女に問いかける。

「もう、何？　ここで満足したなら終わりにするけど？」

「……意地悪」

「何が？」

「これじゃあ、物足りないよぉ……」

弱々しい彼女の懇願に、朔はそうだね、と鷹揚《おうよう》に頷いて、中途半端な状態のウェディングドレスを丁寧に脱がしていく。薔薇色のショーツには暁に襲われたときにはできていなかった愛蜜のシミがたっぷりついていて、そのことに気づいた淑乃は恥ずかしそうに瞳を伏せる。

けれど朔にだけ感じているのだという証のようにも思えるから不思議だ。彼は淑乃の蜜で濡《ぬ》れたショーツも剝ぎ取り、ようやく彼女を全裸にする。すでに欲情して火照った肌は赤らみ、淑乃の瞳も期待するように潤んでいた。

「……キスと胸だけでこんなに濡れるなんて、よしのはいやらしいね」

「サクくんだけ、だよ。こんな風になっちゃうの……」

「知ってる。だからもっと、俺に溺れて、気持ちよくなって」

「あんっ」

朔の指が淑乃の秘芽を摘んで、刺激を与えていく。そのあいだも彼は淑乃の上半身のいたるところにキスの雨を降らせ、身体中を愛撫する。

肌を吸われた場所に小さな赤い花が咲く。淑乃が気づかないうちにひとつ、またひとつと白い肌を覆いつくすように増殖する口づけの痕は、朔の独占欲の証。

「ここも、もう尖《とが》ってるね。学生時代もイジっては、よしのを泣かせたよね」

「ひうっ……しつこいよぉ、サクくん……ッ」

ぷっくりと膨らんだ秘芽を満足そうに弄っていた朔は、そのまま彼女の両足を持ち上げ自分の顔をそこに寄せて舌先を這わせていく。すでに指で絶頂に導かれているというのに、彼は淑乃を悦ばせようとここでも口淫を施した。太ももに吸いついて赤い花を咲かせてから、淡い茂みをかきわけながら秘密の花園へと侵入していく姿を見つめる淑乃は羞恥に悶《もだ》えながら喘《あえ》ぎつづける。

敏感な場所を何度も何度もピンポイントで責められて、淑乃は息も絶え絶えになりながら、朔の肩に必死にしがみついていた。絶頂を迎えると無意識に彼女の爪が彼の肩を抉《えぐ》るので、そのささやかな痛みを求めて朔はさらに彼女を責め立て、追い詰めていく。

「よしのが俺の手でイくの、とってもきれいだよ。花嫁のウェディングドレスを脱がせて、こんな風によしのに触れられるなんて夢みたいだ……」

「ぁあんっ！　そこで喋《しゃべ》っちゃ、やっ……ンッ」

朔に吸われているにもかかわらず、淑乃の身体からは泉のように愛蜜が溢《あふ》れつづけていた。寝台のシーツにも垂れているかもしれない。

その後も朔は淑乃の敏感な花芽を可愛がるだけで満足するわけもなく、蕩けきった蜜口にそうっと指を挿入して、指の数を増やしながら、彼女をさらなる高みへ連れていく。

「俺の唾液と、よしのの体液で、すっかりとろとろになっちゃったね」

「サク、くぅん……ッ――！」

「またイっちゃった？　かわいいよ。よしのはかわいくてきれいでとってもいやらしいんだって、ちゃんと理解した？」

「は、ァアンッ……」

「返事するのも辛いくらい気持ちいいんだね。こんなに締めつけちゃって……これならもっと太いのも飲み込めるかな」

「サ、くん——イッちゃうのっ、イッちゃ……ひゃ、アア——ン……！」

朔の言葉に反応するかのように、ビクビクビク、と淑乃の身体が痙攣《けいれん》する。羞恥で口を噤《つぐ》む淑乃の途方に暮れた姿があまりにも愛しくて、朔は絶頂の余韻に浸っている彼女にキスしながら確認する。

「俺ももう、よしのとつながりたいよ。いいか……？」

「ん」

朔の丁寧な前戯で危うく意識を飛ばしそうになっていた淑乃は瞳を潤ませながら、素直に彼を求めはじめる。

すでに朔の手で何度も絶頂に導かれた淑乃の身体は彼の分身が蜜口にぴたりとくっついただけで嬉《うれ》しそうにひくついて迎え入れる準備を整えていた。誂《あつら》えられたかのようにほぐされた淑乃の膣内へ、ゆっくりと朔が挿入していくと、彼女はうっとりした表情で彼の肩を両手で抱き寄せる。

「……ずっとこうしていたいな」

「よしの？」

「誰にも邪魔されないところで、サクくんとつながって……ンっ」

淑乃の言葉に反応したのか、中でむくむくと朔の分身が嵩《かさ》を増す。膣壁を抉るように太く硬くなったそれに気持ちいい場所を穿《うが》たれて、淑乃は思わず息をのむ。

けれど朔は淑乃の言葉を最後まで聞きたくて、貫いた状態で動くことをやめて、彼女の顔を凝視している。とろりとした夜色の瞳の中に欲情の焔《ほのお》が灯る。

「分かち合いたい、って」

快楽、悦楽、官能。言葉で言い表せない心地よい愛の交歓……淑乃はいまだに服を着たままの朔のシャツのボタンを外し、ランニングシャツをまくりあげて、彼の胸元に顔を寄せる。

彼の心臓が鼓動を刻んでいる。

離れていた間も、自分たちは生きていた。けれどこうしてぬくもりを分かち合うことだけは、叶《かな》わなかった。

淑乃は愛おしそうに彼の胸元に耳をくっつけて、柔らかく笑う。

「……俺も」

「サクくん？」

「よしのの体温、感触、反応、すべてが愛おしくて、もっと与えたくなる」

「もう、お腹いっぱいだよ」

「これからメインディッシュなのに？」

「ちょ……アンっ、いきなり動くなんて……っ！」

淑乃の中で硬さを保っていた剛直はさらに奥へと侵入していく。抽挿をはじめる彼に促されて淑乃の身体もゆるゆると動き出す。

「よしのが煽るからいけないんだよ」

「え……うそ、激しくしないって！」

「めちゃくちゃにしろってはじめに言ったのはよしのだろ」

「ひっ、ぁあ！　そんなに奥グリグリされたら……すぐイっちゃ……イっちゃう、って！」

「イっちゃうの？　俺に激しくされて身体が悦んでるの？」

「だ、だってっ……サ、サク、くんだ、からぁっ――――！」

　ずん、ずんと腰の動きが加速して、淑乃の身体もびく、びくと弾けだす。前戯だけで何度もイかされていた身体は膣奥に挿入された彼の分身が膣壁を擦り立てるだけで疼きを増して快楽物質が脳内に分泌される。はしたないまでに垂れる愛液に塗れて、淑乃は突然激しくなった彼の行為にあっさり降参して意識を飛ばす。

「――よしの？　繋《つな》がったままで失神しちゃうなんて初めてだよね？　そんなに気持ちよかった？」

　ちょっと調子に乗りすぎたかな、と苦笑を浮かべる。しかし、彼女の中で硬さを保っている朔の分身は物足りないようだ。このまま続けたらすぐに起きるかな？　と再び人形のようにくたっとしている彼女を抱き寄せて抽挿を再開する。淑乃は瞳を閉じていたが、下半身に与えられる刺激に気づいてぱちりと瞳を見開く。

「ンッ……アァんっ――サ、サクくん⁉」

「無防備なよしのもかわいいよ。他の男にされたらイヤなことでも、俺なら大丈夫、だよね？」

意識のない状態で抱かれ続けたことを暗に示せば、当り前じゃないと断言する。

「サクくんだったら……うん、こわくない」

「そんなとろんとした表情で言われても信憑性《しんぴょうせい》ないよ。今度よしのが寝てたら襲う、からっ！」

朔の問いかけに惚けた声で応える恋人を前に、彼は再び深く彼女の膣奥を穿つ。子宮口に触れてしまったかのようなコリッとした感触に、淑乃だけでなく朔も圧倒されていく。

「アッ……な、なんか来ちゃう、また、イっちゃいそ……」

「うわ、よしののいちばん奥、キッツ……」

そのまま朔が淑乃の最奥へ大量の白濁を注ぎ込むと、彼女も絶頂に肌を桜色に染めながら彼に応えるかのように啜《すす》り啼いて、再び意識を手放したのだった……。

＊　＊　＊

――サクくんに、ナカに出されたの、いつ以来だろう。

寝台のうえで覚醒した裸の淑乃がまず思ったのは、そのことだった。

学生時代の自分は子どもをつくることができない身体だと思っていたから、コンドームを使うのは避妊のためというよりも性病を防ぐため、という認識が強かった。

ふだんの朔はコンドームを使って淑乃を抱くが、感情が昂《たかぶ》るとうっかりつけ忘れることがあるのだ。今日みたいに。

身体を起こそうとして、さきほどまで朔にたっぷり注がれた白い液体がとろりと流れるのを見て、淑乃は苦笑する。月経周期からすれば、危険日は外れているし、二人目を授かれるかはわからないと医師も言っていたから、たぶん大丈夫だろう。けど、朔は気にするかもしれない。それともこれも彼の策略なのだろうか。淑乃がこれ以上、自分からはなれていかないよう……。

「よしの、身体は大丈夫か？」

「サク、くん」

「本当はずっと寝かせてあげたかったけど、夕方になったら西岡が来るから……」

「ん……そう、だね」

朔はさりげなく淑乃にキスをして、ゆっくりと彼女の裸体を抱き上げる。

すでに彼はシャワーを浴びてきたらしく、先ほどまでの服を着なおしている。そういえば今日は泊まりではないのだ。マンションで息子が帰りを待っている。きっと心配しているだろう。それとも朔とふたりきりにすることができて安心しているだろうか。

「サク、くん？」

「動くの辛いだろう？　無理させて、ごめん。やさしく甘やかしてあげるって言いながら

「結局俺……」

　意識を失った彼女とはなれがたくて一方的に腰を動かしていた朔は、これじゃあ睡眠薬を飲ませて淑乃を犯そうとした暁と同じだ、としょんぼりしている。

　淑乃はううん、と首を横に振って慰める。

「気にしないで、サクくん。めちゃくちゃにして、ってあたしが言ったんだもの……サクくんに激しく抱かれると、求められてるな、って思うし」

「よしの」

「で、でもやっぱりトシだからか、学生のときみたいに何度もはツライね」

「そうだな」

　お互い照れながら、顔を見合わせて、どちらからともなくキスをする。

　ベッドの上から運ばれたのは、バルコニーにほど近い場所にある浴室だった。浴槽にお湯は張られておらず、朔がひとりシャワーを使った痕跡だけが残されている。

「サクくん、もう大丈夫だよ。身体を洗うくらいあたしひとりでできる」

「いや、無理しないで椅子に座って。俺が洗うよ」

「でも、せっかく服着たのに」

「脱げばいい。でも、西岡があとで俺とよしのの服を持ってくるから、いま着ているものがダメになっても平気だよ」

「ちょっ……」

そう言ってシャワーのコックを捻り、淑乃の反論を封じる。けっきょく朔はワイシャツを着たままの状態で淑乃の身体を洗いはじめてしまった。椅子に座っているよう命じられた淑乃はボディソープの泡で全身をくまなく包み込まれ、そのまま抱きしめられて身動きを封じられてしまう。朔は何も言わないで淑乃の乳房を大きな両てのひらで覆い、泡まみれの尖端を指先でくいっくいっと刺激する。さきほどまでたっぷり愛された余韻で、彼女の身体はくすぐったさよりも気持ちよさを拾い上げていた。このままドロドロに蕩けて自分が泡になりそうな錯覚に、淑乃はのぼせそうになる。

彼の淫らな手は胸だけでなく、当然のように脚の付け根へと移動していく。泡がついたままの敏感な部分をくいくいと弄られて、淑乃は思わず声をあげてしまう。

「はふ……んっ」

「身体を洗っているだけなのに、気持ちよさそうだね」

「だ、だってサクくんが」

「洗っても洗ってもここのヌルヌルが取れないのは、よしのがいけないことを考えているから？」

「い、ひゃあんっ！　……指、とめてよぉ！」

「ごめんごめん。よしのの反応がかわいいからつい……時間もないし今日はこのへんでやめておくね」

「きゃ……ン～～～ッ！」

そう言いながら朔はさきほどまで苛めていた秘処へシャワーを当てていく。それだけで淑乃は軽く達してしまう。浴室で身体を清められたはずなのに、淑乃の身体は今もまだ朔に触れられたくて仕方がないと疼いている。さんざん甘やかされたはずなのに、まだ物足りないと訴える身体をひとまず無視して、淑乃は冷静になろうと排水口に視線を向けた。

「よしの？　どうした？」

「……ぜんぶ、流れていくね」

「そうだな」

泡と汗と体液が勢いよく流されていく。過去のしがらみを押し流していくように、シャワーの水流は排水溝へ吸い込まれて、ふたりが見ている前でポコポコ音を立てながら消えていく。

朔はどこか名残惜しそうに見つめる淑乃の顎を掬《すく》い、唇をやさしく奪う。

「ン……？」

「もう、俺の前から消えないで……泡沫《うたかた》のように消えるのは人魚姫だけで充分だ」

「何言ってるの。悲劇のヒロインになんかならないって言ったじゃない。サクくんがいっぱい甘やかしてくれたから大丈夫。あたしはもう、消えないよ」

「ほんとうに？」

淑乃に再びキスをすると、彼女がもっととおねだりするように舌を差し出してくる。彼の口腔内を彼女の舌がなぞっていく。あまりの気持ちよさに朔の方が喘いでしまう。

「はぅ……こら、よし、の……ッ！」

「さっき、の仕返しっ！」

はぁはぁと顔を真っ赤にしながら淑乃が唇から銀糸を紡ぐ。艶っぽい彼女の仕返しに、朔は嬉しそうに言い返す。

「わかった。もっと仕返しされたいから、俺、このあともよしのにいやらしい悪戯たくさんする」

「……えっ」

墓穴を掘ったと気づいても後の祭り。

朔に軽々と抱きあげられ浴室をあとにした淑乃はこのあとも彼の手でさんざん啼かされ続ける羽目に陥るのだった。

＊＊＊

浴室を後にして、ふわふわのバスタオルに身体を包んだ淑乃は、髪から雫《しずく》を垂らしたままの朔に抱きあげられた状態で二階奥にあるアトリエに案内されていた。せめて下着くらいつけたいと淑乃は望んだが、暁が触れたものを再びつける必要もないとあっさり却下され、裸にタオルを巻くだけの無防備な状態にされている。羞恥に淑乃は身体を震わせる。

しかしあと一時間もすれば西岡が着替えを持ってくるからそれまでの辛抱だと言い聞かせ、

彼のやりたいようにさせている。それに、ノーパンノーブラで花嫁衣裳と白衣という格好よりはまだマシな気がする……たぶん。

海が見渡せるであろう窓には遮光カーテンがかけられており、室内は真っ暗だ。ふわりと漂う油絵具の匂いとともに、画架《イーゼル》に立てかけられた何も描かれていない真っ白な画布《カンバス》がぼんやりと浮かび上がる。壁には額縁に入れられた抽象画が飾られているようだが、全体的に黒っぽくてこの明るさだと何が描かれているのか判断できない。

「ここは……？」

「いちおう俺のアトリエ」

「サクくん、絵なんて描いてたっけ」

「高校入るくらいまでは熱心に描いてたんだけど、今はぜんぜんだよ……いつかまた描きたいと思って、部屋だけは用意しておいたんだ。サークル時代のよしのは描くより描かれたものを見る方が好きだったでしょ。一緒に美術館や画廊めぐるの楽しかったよね。そんなよしのに素人の俺の絵を見せても面白くないだろうなと思ったから……」

「え？　そんなことないよ。なんで教えてくれなかったの？」

「今まで話す機会がなかっただけだよ……だけど、せっかくここに攫ってきたならよしのにも十五年前の俺が描いたとっておきの一作を見せたいな、って」

そう口にしながら淑乃を抱き上げた状態で朔が勢いよくカーテンを開く。

太陽の光が部屋の中に入り込み、壁にかけられていた大きな絵が、淑乃の前に現れる。

とっておきの一作？

それは、淑乃がもう一度間近で見たいと思っていた……。

——極夜。

「う、そ」

「よしの？」

「きょくや、じゃないの……」

きょくや、と弱々しく呟いて泣き出した淑乃を見て、朔は困惑する。よしの？　と声をかけても彼女はぽろぽろと涙を零すばかりで何も言わない。弟に襲われたときにも泣かなかった彼女が、絵を見ただけで泣き出したことが信じられない。自分が中学生の頃に描いた絵を見て、なぜ泣いてしまったのだろう。それに絵のタイトルを教えていないのに彼女はこの絵を「極夜」だと断言した。コンクールで入賞した絵を、淑乃はどこかで見た記憶があるのだろうか。

淑乃は涙で濡れた大きな夜色の瞳を見開き、彼が描いたという「極夜」を凝視している。大学に入ってサークルで美術の鑑賞活動をはじめた頃に出逢った、淑乃の心を動かした絵だ。

当時中学生の朔が描いたという太陽の昇らない、うつくしい夜の世界。朔がこの絵を描いていたとき、高校生の淑乃は絶望の中にいた。大学に入ってこの絵を見つけた淑乃が、生きるためのちからをもらっていたことなど、モノクロの世界に彩りを灯してくれたことなど、きっと朔は知る由もない。

「そういえば、学生コンクールの受賞後に返却されたんだけど、そのましまい込んでおくのも勿体《もったい》ないからって、海堂グループが懇意にしてる沓庭マリンアートギャラリーに一年くらい俺のこの絵、置いてあったんだよね。もしかしてよしのはそこで……？」

「うん」

きっとそうだ。淑乃は地元のギャラリーでこの絵をたしかに見たのだ。絶望の中に描かれたひとすじの希望を。

そして淑乃は恨んでいた過去を昇華すべく、やさしい夜に想いを馳せた。その向こうに、自分の運命の人が隠れていたことに気づくことなく。

――あのときはなぜこんなにもこの絵に惹《ひ》かれたのか理解できなかった。今ならわかる、この絵を描いた人物こそが、ありのままの自分を包み込んでくれる運命の人だったからだって。

「それって、泣くほどのこと？」

「だ、だって……」

まさかこんなところで再びまみえることになるなんて。

感極まった淑乃は朔にあたまを撫でられながらひたすら泣きつづける。

「サクくんが描いたなんて、知らなかった。けど、あたしはずっと……サクくんは極夜みたいなひとだと、思っていたんだよ。あたし、サクくんのこの絵でようやくすべての感情を取り戻せた気がするんだ。ぶわっ、て鳥肌が立ったの。哀しい辛い悔しいだけじゃない、純粋な喜びと、ささやかな幸せと……運命の悪戯でサクくんに出逢えたから、トーヤを身籠もる奇跡が起き、て……ぜんぶ、繋がっているんだな、って……ごめん、何言いたいのかぜんぜんわからないよね」

「泣きながら必死に説明しなくても……俺の絵が、よしの琴線に触れていたことはすごくわかったから。そっか、シンクロニシティか」

「そう、意味のある偶然の一致《シンクロニシティ》！」

淑乃にとって朔が描いた「極夜」は、暗闇を彷徨《さまよ》っている自分をいつだってやさしく導いてくれる。

そして朔にとっての「極夜」もまた、一日中太陽の光が届かない夜というだけではなかったのだろう。

社長の有力な後継候補としての重圧、月の裏側へ追いやっても彼を脅かす太陽の名を冠するふたりのライバル……当時十五歳の彼が描いた世界は極限の夜。大胆に使われたジェットブラックの絵の具がすべてを飲み込もうとしているように見えるが、周囲にはネイビーやブルーグレーなどの青みがかった色も散りばめられており、繊細な空の様子が描かれている。

果ての見えない広い宇宙の中でも手を伸ばせば希望に届くというメッセージの込められた、ひとすじのオーロラと星の煌めき。

不安に押しつぶされそうな中で描かれたであろう彼の、不器用ながらも実直な生き方に通じる作品だと、改めて淑乃は思った。

「ありがとうサクくん。この絵を描いてくれて」

涙を拭いながら、淑乃は申し訳なさそうに朔の肩を叩く。朔はもうすこし抱っこしていたかったようだが、渋々淑乃を床の上に下ろす。素足のまま、よたよたと歩いて絵の前に立った淑乃は、あらためて自分の人生に影響を与えた絵を前に、両手を広げる。はらりとバスタオルが床に落ちても、彼女は気にすることなく、そのまま夜を抱きしめるように腕を曲げて、動きを止めた。

「よし、の？」

「本物だ……なんだかごめんね、ひとりで盛り上がっちゃって」

「そんなことないよ。俺も、よしのが俺の絵で感情を取り戻せたって聞くことができて、嬉し……」

淑乃が自分の絵の前で裸を晒《さら》している。

その神々しくも倒錯的な姿に、朔は思わず呟いていた。

「きれいだ」

「サクくん？　あ……」

慌ててタオルを取り上げて身体に巻こうとするが、朔に奪われ、裸のままきつく抱きしめられてしまう。

「なんだか女神に許されたような気分だ。このままここで貴女を抱きたい」

「何言ってる……ンっ」

「裸のまま絵の前に立つ貴女に欲情したんだ」

「ちょ、ちょっとサクく……」

「今だけ……俺だけの芸術作品になって」

朔はカーテンタッセルを手にして、淑乃の両腕をひとつに縛り、タッセルの端を絵が飾られている壁とは反対側の壁のフックに引っかける。さきほど縛ってもいい、と口にした淑乃を試すかのような彼の行動に淑乃の鼓動が速まっていく。

――サクくんに、縛られてる？　逃げることができないのに、どうしてこんなにあたしの身体は期待しているの？

「サクくん」

「愛してるよ。これまでもこれからも。俺はよしののことだけをずっと……」

「ひぁ、あ……ン」

まるで女神を崇めるかのように跪《ひざまず》かれ、愛の言葉とともに全身を撫でられ、つま先立ちの淑乃の身体が悦びに震える。ふるりと揺れる乳房を宥めるように揉まれ、そのまま頂をぱくりと食べられた淑乃は、雷に打たれたかのような未知なる快感に、あっさり陥落してしまう。

朔は恍惚《こうこつ》とした表情で己の剛直を取り出し、花芽にぴたりとくっつける。そのままくちゅりと蜜口に亀頭を押し込まれ、淑乃はあられもない声を発しながら、朔とひとつに融けあっていく。

「アッ！　～～～クッ……ン！」

「よしの。貴女にとって俺が極夜なら、貴女は俺にとっての極光《オーロラ》だ。その輝きが、俺を何度でも蘇《よみがえ》らせてくれるから……ッ」

極夜の絵が見える壁際で、彼によって再び啼かされた淑乃は、そのまま甘い、夢を見る。

＊　＊　＊

西岡が持ってきたシンプルな水色のワンピースに着替えて乗った帰りの車の中で、淑乃は朔にもたれかかった状態で熟睡していたらしく、覚醒したときにはすでに馴染《なじ》み深い杳庭研究学園都市の夜景が窓の向こうに見えていた。

「……なんだか夢を見ていたみたい」

「夢だと思う？」

「う、ん」

朔とホワイトチョークでご飯を食べてから今に至るまでの出来事が、あまりにも現実味がなくて、淑乃は一瞬これは夢なのではないかと思ってしまう。

すんでのところで朔に救われ、朦朧とした状態で病院に運ばれて、記憶を混濁させてそこから逃げ出した淑乃は、ちゃんと朔と話をしようと白炭に背中を押されて彼のもとへ戻ることを選んだ。花嫁衣裳に白衣という場違いな格好で。

そこから先、朔に海が見えるコテージに攫われてたっぷり甘やかされ、身体を清められて、アトリエに連れて行かれて……。

何を見ても聞いても薄っぺらな感情しか持てなかった当時の自分を立ち直らせてくれた「極夜」の絵の作者が隣に座っている朔だと知らされて。彼の手で芸術作品になってと乞われて……裸のまま両手首を縛られ壁に固定されてあの絵に見られながら求められるがまま、彼と改めて身体を繋いだ。今まで立ちっぱなしで抱き合ったことなど数えるほどしかなかったし、ましてや吊《つる》された状態で彼に愛を囁かれたことなどなかった。それだけ彼も淑乃のことを強く求めていたのだなと痛感させられる交歓だった。彼ならば縛られた状態で抱き合っても、怖くないと……むしろふだんよりも強い劣情を向けられて、束縛されることで得られる快感を植え付けられてしまった気がする。

——とろとろに甘やかされるのも好きだけど、獣になったサクくんの姿も、もっと、これから見てみたいな。

ずっと傍にいてほしいと求められながら。今も昔もすべてアイシテルと囁かれながら。

「夢じゃない……よね」

「夢みたいな時間だったけどな。きれいな花嫁姿のよしのを独り占めできたんだから」

「もう……」

大学敷地内に入る直前の駐車場で車を降りたふたりは、すでにゴールデンウィーク間近の五月の装いへと転じている桜並木の下を通りながら、淑乃が暮らすマンションまでゆっくりとした足取りで歩いていく。はじめ西岡はマンションの前まで送ると言ってくれたが、最終的にはふたりで歩きながら今後のことを話したいという淑乃の願いを受け入れた。

朔に攫われてさんざん甘やかされただけで、今日を終わらせる淑乃ではない。白炭に言われたように自分が今後どうしたいのか、しっかり彼に伝える必要がある。

「……先月。桜が咲いていたときに、ここでサクくん、あたしにキスしたよね」

「覚えてるよ。今度こそ逃がさないって決意して、よしのを求めたんだから」

満開だったソメイヨシノの木は、すっかり緑が生い茂っている。

葉桜へと姿を変えた木の下で、淑乃は朔に告げる。

「――じゃあ、今度はあたしがサクくんを求める番だね」

「よしの？」

「トーヤがサクくんを認めて、あたしとサクくんが一緒になることを許してくれるなら……結婚、してもいいよ」

認知してくれるだけで充分だと思った。

自分には支えてくれる人たちが周りにいるのだから、今さら本物の父親と一緒になったところで息子を戸惑わせるだけだと考えていた。けれど、灯夜は淑乃が考えているよりもずっと聡明《そうめい》で、母親が何を望んでいるのかを識《し》っていた。息子は過干渉な暁に屈することなく篠塚を盾に、母親が望んでいるものを見極めた。

だから淑乃はここにきて朔の前ではじめて「結婚してもいい」と口にした。

朔は黙り込んで、淑乃に言葉の続きを促す。

「サクくんの家の事情を考えると、そう簡単にできるとは思わないけれど……サクくんの気持ちは痛いほどわかったから。あたし……」

「――何も言わないで。ここから先は、俺が」

口に手を当てられて困惑する淑乃に、朔が低い声で告げる。

「よしの」

結婚してもいい、なんて言葉にはごまかされないよと笑って、朔は淑乃を抱きしめる。

今日、劇団の衣装とはいえ淑乃の花嫁姿を見た朔は、これが自分と淑乃の結婚式ならいいのにと感慨を深くしていた。プロポーズするなら今日しかないと、そう思いながら……それなのに口火を切ったのは淑乃の方で。彼女に最後まで言わせるわけにはいかない。

「結婚しよう！」

淑乃は目を丸くして夜色の双眸を潤ませる。こくりと頷くと、朔が彼女の髪を撫でて、唇を奪う。

そのまま。

葉桜が柔らかな風に揺られてそよそよと音を立てるなか、ふたりは小鳥が戯れに啄むようなキスを繰り返す。

……もう、言葉はいらなかった。

＊＊＊

朔のプロポーズを受け入れた淑乃はその日の夜、息子に自分の想いを告げた。

朔は今日は自分の家に戻ると言って、淑乃と灯夜を部屋まで送ってから帰ってしまった。てっきり部屋に泊まるのかと思っていた淑乃は拍子抜けだが、連休は三人で過ごしたいからと言われて納得する。きっと手元に残っている仕事を終わらせたいのだろう。

「トーヤ、寝る前におはなししていい？」

「なあに、ママ」

今度は息子に自分が朔と結婚したいと考えていることを正直に伝えようと気持ちを切り替え、布団に入った彼の隣で今日の出来事を話しはじめる。

自分が病院から逃げ出したことは黙って、ただ見舞いに来た朔と彼が所持するコテージに行って、素敵なひとときを過ごしたことを。朔が淑乃をたっぷり甘やかしてくれたから、だからもう心配しなくて大丈夫だよということを。

「――だからママ、サクくんと結婚したいな」

「……別に僕に許可を取る必要はないと思うけど？」

「え？　反対しないの？」

「なんで？　だって、ママずっと前から僕に言っていたじゃないか。彼はママがずっとすきなひとだ、って……当時は事情があって結婚できなかっただけでしょう？」

当時は、淑乃が朔との結婚を考えられなくて勝手に身を引いただけなのだが、灯夜はそうは思っていないらしく、今回、朔と婚約者の結婚式が失敗したことで晴れてふたりがよりを戻したと思っているらしい。たぶん篠塚が彼に説明してくれたのだろう。それもあながち間違いではない。

淑乃はそうだね、と淋しそうに笑いながら、灯夜に昔語りをはじめる。

「ママのお父さんはね、むかし海堂グループにひどいことをしたの。向こうはそんな男の娘と、サクくんが一緒になることをよく思ってない……そう思ったからあたしは若い時、サクくんからはなれたの。だってそのときにはおなかのなかにトーヤがいたんだもの」

「どうしてパパに教えなかったの？」

「迷惑をかけたくなかった……違うな、どうしてもトーヤを産みたかったからだよ」

「僕？」

「だってサクくんはこの先海堂グループの上に立つ王様になるひとなんだよ。その隣にあたしがいることをよくないと思うひとたちがいる。そのうえ子どもがいることがわかったら……最悪産むことを諦めろとか、無事に産めても引き離されちゃうんじゃないかって」

「うーん？」

「トーヤにはまだわからないかな」

「暁おにいちゃんが僕が生まれたときママはひとりだったんだよって言ってたのはそういうこと？」

「そうだね……で、でもひとりのように見えても、ママの心の中にはずっとサクくんがいたのよ」

その言葉に灯夜が首を傾げている。好きならばずっと傍にいればよかったのに、と言いたそうな、彼の父親を彷彿《ほうふつ》させる極夜のような瞳を前に、淑乃は何も言えなくなる。

彼から父親の存在を奪っていたのは自分自身だ。家の事情を理由にして逃げた淑乃を灯夜は理解できないだろう、そしてそれを受け入れて一度は母親とは違う女性と結婚しようとした父親のことも……七歳の彼からしたら素直に認められることではないはずだ。家のルールによっては好きでもない女性と政略的に結婚することもありえるのだと説明はしたが、灯夜の反応は乏しい。

結局、その辺のことは濁して、淑乃は眠そうな灯夜のサラサラの黒髪をひと撫でする。

「そんなことより……ママ、一緒に寝よう」

「ん」

朝になったら灯夜は母親が言っていたことなど忘れているだろう。今夜は一緒の布団に入ってゆっくり眠ろう。

正直、いろいろなことがありすぎて疲れてしまった。ひとりでリビングに戻ったらきっとあのソファを見て暁とのことを思い出してしまう。それならばこの場で息子と一緒に眠った方が安心だ。それに明日になれば朔が来てくれる。ゴールデンウィークは家族三人で出かけようと言ってくれた。結婚の話もきっとそこで詰めることになるだろう。彼は周囲にどう説明するのだろう。淑乃と結婚することで、不利益を被らなければいいけど……。

「ママは結婚したいんだよね」

「うん」

「苗字、変わるの？」

「たぶんね」

「なんか、カッコいいかも……」

かいどうとうや、と口ずさむ灯夜が愛しくて、淑乃も一緒にかいどうよしの、と唇に乗せた。

もう、香宮をどうこういう同族もいないのだ。最後のひとりだからといってその名を継ごうなどという気も淑乃にはさらさらない。

「……悪くないわね」

早く朔と本当の意味で家族になりたい。

灯夜に自分の気持ちを伝えたことでようやく淑乃はそのことを痛感したのである。

＊　＊　＊

成田空港から飛行機で十時間足らずで行けるオーストラリア第二の都市、メルボルン。朝一の飛行機に単身で乗せられた傷心の暁がこの地に降り立ったのは、現地時間の午後五時のことだった。

南半球でもっとも高い展望台といわれるユーレカ・スカイデッキに、おしゃれなカフェをはじめ英国風の建物が連なる華やかで瀟洒《しょうしゃ》な街並みを見ているとすでに自分は異邦人だ。行きかう路面電車《トラム》を眺めながら街歩きをしているカップルを横目に、スーツ姿の暁はとぼとぼと目的地を探す。陽二郎に住所だけ教えられた暁は、地図と観光案内をにらめっこしながらなんとかして公園の近くにあるジャパニーズレストランを見つけ、足を踏み入れる。

カウンターで優雅にお酒を飲んでいる叔父、陽二郎がにたりと笑って手招きをする。

「いた……叔父上」

「よう。日が暮れる前に迷子にならないで来たか。えらいえらい」

「毎回思うんですけど叔父上、俺に対してだけ厳しくないですか？」

「そりゃ、そうしないと朔についていけないだろ」

何を当たり前のことを、と一蹴されて暁は絶句する。陽二郎は言葉を詰まらせた彼を座らせて、まあまあと肩を叩く。

「さすがに今回はヤンチャしすぎたようだな。兄さんもずいぶん慌ててたみたいだし。で、何か言うことは？」

「……申し訳ありません」

「しおらしいねえ。その顔、朔にヤられたか？　眠れる獅子《しし》を怒らせるとはさすがだぜ」

はあ、とため息をつきながら暁は差し出された盃《さかずき》に口をつける。空きっ腹に日本酒を入れて、身体がカッと熱くなる。一杯目からこの酒は強すぎますよと毒づく暁に、俺はもう三杯目だと陽二郎はからから笑う。

陽二郎はひとまず暁から事情を聞くべく、食事する場を用意した。世界一住みやすい都市とも呼ばれているメルボルンは比較的治安も良い方だが、日が暮れると犯罪が増えるため、暁には明るいうちに店に来てもらい、ゆっくり食事をしながら今後について話し合おうと考えたのだ。

異国の地で美味しい日本酒と日本料理を楽しんでいた陽二郎は、困惑する甥っ子にも酒をすすめて口を開かせようとする。

まずは今回の事件の経緯と、今後の展望を暁と語らう必要がある。彼の私的な暴走が会社組織に及ぼすであろう影響はそれほど大きくはないだろうが、彼が陽二郎と入れ替わる形でメルボルンでのプロジェクトに組み込まれたことから、暁を利用しようとする人間も出てくるはずだ。

「まあ、ここならやり方次第で朔をアッと言わせることができるかな」

「俺は別に朔兄の仕事の邪魔をしたいわけじゃないんです」

「じゃあ、見返したかったのか？」

ふうん、とつまらなそうに鼻を鳴らす陽二郎に、暁が苦笑する。

「俺はただ……よしのさんが」

「香宮の嬢ちゃんか。ずいぶん絆《ほだ》されたものだな、あれだけ忌み嫌っていたのに」

朔と違って暁は香宮の最後のひとりに憎しみを持っていた。叔母の光子を傷つけた男の娘などろくでもないと思っていたらしい。

とはいえ、兄の恋人がその香宮の令嬢だと知って、別れて正解だと言いながら、ちゃっかり暁は彼女を七年間も監視していたのだ。

海堂一族はそのことを見て見ぬふりをしていたそうだが、朔との間に子どもが生まれていたことには誰も気づいていなかった。もし、暁が子どもの存在を伝えていたら、事態はもっと簡単に収まっていたかもしれないし、さらに複雑になっていたかもしれない。

「だって……彼女は憎む対象としてはあまりにも無垢《むく》で、眩しかったから」

「そういうの、木乃伊《ミイラ》取りが木乃伊になるってんだ」

「ちぇ」

「失恋の傷なんかこっちで仕事を恋人にしているうちに癒えるだろうよ。朔も香宮の嬢ちゃんもお前を許すと俺は思うぜ」

「……だといいんですけどね」

灯夜をひとりで必死に育ててきた彼女を監視するという名目で七年間も見つめてきた暁

は、自分が持つ憎しみがいつしか消えていることに気づいてしまった。はなれてもなお、兄を一途に想いつづけてひとり子どもを育てる淑乃のことを、欲してしまった。

時間をかけて彼女を囲おうとした一方、淑乃に近づく篠塚が気になりだした暁は、朔の結婚が失敗したことを機に、いちどだけ彼女と朔を逢わせることで彼女の気持ちをはかった。

結果として、彼女は朔と復縁し、暁を欺いた。それが許せなくて、暁は嫌がる淑乃を手折ろうとして、しくじった。それだけのことだ。

……兄を本気で怒らせたのは、いつ以来だろう。

「ところで、朔兄と婚約者の結婚をぶち壊したのは、叔父上ですよね」

「壊さなくても壊れるのは時間の問題だっただろうよ。俺はそのきっかけを作っただけだ」

なんてことないように口にする叔父を前に、暁はため息をつく。

「じゃあ、今度は何をするつもりですか？」

「何も。たしかに俺は暁に代わって日本に戻るけど、ふたりの仲をぶち壊すことはしないさ……ただ」

このことを面白くないと思う人間がいることは事実だろうから、そいつらの動き次第だな、と他人事のようにうそぶいて、陽二郎は暁の前で盃を傾けるのだった。

＊　＊　＊

朔が淑乃にプロポーズしてからすでに一週間が経過していた。世間はゴールデンウィークに入り、観光地は賑《にぎ》わいを見せている。あれから朔は何度かマンションに来てソファを買い替えたり、部屋の断捨離を手伝ったり、毎日のように淑乃と灯夜の前に顔を出していた。

今日は朝から淑乃が仕事なので午前で学校が終わる灯夜と午後からふたりで映画を観に行くのだという。いつの間に約束したのだろう。いま流行しているアニメ映画のことを淑乃は知らなかったが、朔は事前にちゃっかり調べていたらしい。

結婚、という言葉を灯夜は素直に受け入れたようだが、朔は朔で息子のために父親らしいことをしたいと行動しているみたいだった。

「よしのちゃん顔が緩んでる。ヘタレ御曹司とは順調みたいだね」

「ヘタレは余計よ……たぶん」

井森はやれやれと肩をすくめながら受付で準備をはじめる。彼女は淑乃のことを心配していたはずだが、あの日のことにはふれてこない。あれから姿を消した暁のことも、毎日のように送り迎えに来る朔のことも、灯夜が篠塚をパパと呼ばなくなったことも、淑乃の周りが変化していくことに気づいているにもかかわらず。

それでも淑乃が幸せそうな顔をしているからか、井森は何も言わない。

篠塚も同様に、ふだんどおりに淑乃と灯夜に接していた。

そのふたりの心遣いがありがたい。

「今日頑張ればゴールデンウィーク後半だものね。よしのちゃんは出かけるんでしょ?」

「ん。そのつもり」

「家族三人水入らずだね。ゆっくりしておいで」

篠塚の声に淑乃がはにかむ。淑乃はまだ家族という実感が湧かないが、そう言われると嬉しくて仕方がないのだ。

明日から朔が婚前旅行と称して淑乃と灯夜を連れて行くのは海堂グループが提携している宿泊施設である。まだ自分の父親に挨拶にも行ってないのに、朔はちゃっかり淑乃を妻扱いで予約してしまった。灯夜が喜びそうな遊園地や家族で入れる露天風呂など、淑乃ひとりではとうてい行くことのない場所へ、彼は容易く連れて行ってくれる。

「……なんだか幸せすぎて怖いよ、イモリちゃん」

「いままで過酷だったんだからおとなしく享受しなさい。ったく」

ふふ、と花が綻ぶように笑う淑乃がこの数日でさらに綺麗《きれい》になったことに、本人だけが気づいていない。

夜明けの嵐が過ぎ去った今、このまま穏やかな日々が続けばいいと、井森は密かに思うのだった。

＊　＊　＊

朔が手配してくれた車で向かった先は、先日淑乃が攫われた海辺のコテージよりもさらに北に位置する山間部の温泉地だった。規模が小さいため観光地としての知名度はそれほどでもないが、山が近いことから常に空気が澄んでおり、東京からでも高速を使えば車で二時間ちょっとでたどり着ける利点から、経営者や政治家などの偉い人たちがお忍びで通う小規模の高級旅館や料亭が立ち並んでいるのだという。

海堂グループが懇意にしている会員制の宿泊施設も一見さんお断りで、一日に限定一組しか宿泊できない貴重な離れが存在していた。当然のように朔はその限定の離れを押さえている。

山の中の平屋建てのログハウス風和風建築がまるごと一棟、家族三人で貸切状態だと知らされて灯夜のテンションはかつてないほどに高まっていた。淑乃も檜《ひのき》と藺草《いぐさ》が使われたどこかエキゾチックな室内を見て、目を丸くする。

玄関を抜けてすぐのところに籐《とう》でできたテーブルセットが並ぶリビングがあり、その奥には畳のベッドが置かれた寝室、クリームイエローのタイルがオシャレな洗面台とお手洗い、庭先に繋がる縁側の向こうにはひろびろとした大理石のお風呂がある。本館の大浴場やカフェテリアも利用可能だというが、ここで充分よと淑乃は喜ぶ。

「なんだか旅館とは思えないわね」

「みてー！　お庭にお風呂がある！」

「あれは家族風呂だよ。あとで三人で入ろう」

「うんっ」

そういえば灯夜と旅行など今まで行ったこともなかった。灯夜は淑乃の前ではあまり不平不満を言う子どもではないが、きっと新幹線に乗りたいとか、ふだんとは違う場所に泊まりたいとか、学校の友達の自慢を聞く度に考えていたのだろう。こうして実際に連れてきてはじめて見られる嬉しそうな息子の姿に、淑乃はいたたまれない気持ちになる。

そんな淑乃に気づいているからか、朔はあえて息子の望みを優先したプランを叶えてくれた。

「トーヤは遊園地、幼稚園の卒園遠足以来ね」

「うん。あれから身長伸びたから、そろそろジェットコースター乗れるかな?」

「120cmだとギリギリだろうな」

旅館の門をくぐるとそこは人工の湖に囲まれた観光地。家族連れが楽しめる遊園地や小綺麗なショッピングモールが揃《そろ》っている、知る人ぞ知る穴場となっている。初日は灯夜のためにパスポートを用意し、一日中遊園地で遊び回った。灯夜は一度だけジェットコースターに乗ったが、それよりもゴーカートが気に入ったらしく、何度も朔とふたりで「勝負だ!」と競い合っていた。

園内の売店でジャンクフードを買い漁って唐揚げやフライドポテトでお腹を満たしたり、朔にお姫様抱っこされた状態でメリーゴーラウンドに乗せられたり、それを灯夜に写真で撮られたり、お化け屋敷で朔が絶叫したり、迷路で三人の中で誰が一番早くゴールできるか競争していたはずが別々の道から三人同時にゴールしたり……。

「サクくん、そろそろ宿に戻ろう。トーヤ遊び疲れて寝ちゃいそうだよ」

「えー、僕、まだ遊びたい！」

「お宿でおいしいご飯とお風呂が待ってるぞ。それに休みはまだはじまったばかりだ。明日もたくさん遊べるよ」

「はーい」

二泊三日の日程で宿を押さえたという朔は初日から全力で遊ぶ灯夜を追いかけていたというのに、疲れたそぶりひとつ見せない。淑乃の方が歩きすぎて足が棒になりそうだ。けれどそのことを口にしたら絶対朔に人前でも憚《はばか》らずに抱きあげられて、羞恥プレイがはじまってしまうだろう。それにどうせ宿に戻れば今夜はどこにも出る予定がない。

「よしの、疲れただろ？　荷物持つか？」

「大丈夫だよ。サクくんだってトーヤのリュック持ってるのに」

「こんなのたいした量じゃないって。それより宿に戻ったらお風呂が先か？」

「そうだね、お風呂入ってからご飯食べてゆっくりしたいな」

そして宿に戻り、源泉かけ流しの家族露天風呂で疲れを癒やした後、慣れない浴衣を三人で着て山菜メインの懐石料理に舌鼓。

「この天ぷら美味しい！　塩だけの味つけなのにご飯に合うね。こっちは川海老のかき揚げ？　トーヤも食わず嫌いしないで食べてごらんよ」

「僕はこの炊き込みご飯が好きだな。ママがぜったい作らないやつ」

「それは山菜おこわっていうんだ。春先は筍《たけのこ》ご飯も美味いぞ」

互いに好き勝手喋りながらリビングでご飯を食べて、三人分の布団が敷かれた畳のベッドに寝っ転がって寛ぐ。

明日はどこに行こうか、天気は大丈夫かな、美味しいパンケーキのお店があるから食べに行こう、なんて語らいながら洗面所で灯夜の歯磨きを促して、もう眠いと目をこする灯夜を寝かしつけて……。

「トーヤ、すんなり寝ちゃったね。もっと興奮して夜遅くまで騒ぐかと思ったのに」

「あれだけ遊べば疲れるだろう。よしのももう寝る？」

「サクくんは寝ないの？」

「俺？　縁側で星を見ながら晩酌しようと思って。つきあってくれるか？」

「当たり前じゃない」

露天風呂に入る際に通った縁側には竹製のラグが敷かれており、裸足で歩くとひんやりして気持ちいい。朔は寝室から持ち出した座布団を並べて淑乃を座らせる。風呂がある方向は夜でも白い湯気がほわほわと漂っていて、ほんのり硫黄の香りがした。

「相変わらず、お酒は強いの？」

「よしのに比べればね」

「ひどいなあ。あたしはべろんべろんに泥酔したりなんか……してましたね」

冷蔵庫から冷酒を取り出して盃に注ぐ朔を見てふふ、と淑乃が微笑む。ちらりと見える浴衣の胸元の膨らみに、朔は思わず顔を背けてぶっきらぼうに呟く。

「よしのが俺に声かけてきたときだって、桜の木の下でお酒飲んでたじゃないか……白衣着てお酒飲んでる女の人なんてはじめて見たよ」

「あたしはサクくんを誘惑したかったんですー」

「ほかの男にも声かけられてなかった？」

「ないない。在校生はあたしのこと白衣着た変わり者だって認知してたから。サクくんだけだよ、本気で心配してくれたの」

「俺を誘惑するための演技だったくせに」

「そのハニートラップに引っかかって抜け出せなくなったのはどこのどなた？」

「……悪いか」

盃を手渡され、淑乃は両手で受け取る。なんだか神聖な儀式みたいだ。

朔は淑乃がくいっとお酒を飲んで目を細めるのを眺めながら、盃に口をつける。思っていたよりも辛口の、すっきりした後味の冷酒だ。

「サクくん、この休みが終わったら、お父さんに報告に行くんだよね」

「ああ。婚姻届の準備もしないといけないな」

なんだか不思議な気分になる。

学生時代から傍にいて、八年間はなれてはいたけれど、こうしてようやく結婚のために動き出した自分たちを見ていると。

ずいぶん遠回りをしてしまった気もする。

灯夜が生まれたときにすぐ報告していたら、彼は迎えに来てくれただろうか。けれど、実際には暁に邪魔されたから、仕事があるからと言い訳して、自分から彼に伝えることから逃げてしまった。朔だって婚約者との結婚を受け入れようとしていたのだから自分たちは臆病なもの同士だったのかもしれない。

それでも。

再会して、互いの気持ちは変わらないと知って。

朔は、淑乃は、ともに生きる未来を選択する。

「だけど反対されたら……」

「父親が真っ向から反対することはないさ。学生時代の恋人とよりを戻したとだけ言えばすべてうまくいく。トーヤのことはきっと怒られるだろうけど」

そう言って盃を盆の上へ置いた朔が、淑乃の方に顔を向け、何も言わずに首を振り、淑乃が手にしていた盃を奪い取った。

「怒られるのはあたしの方……」

淑乃の酒を口に含んだ朔は唇を寄せ、そのまま言葉を奪う。

「――ンッ……」

「今はそんなことより……俺に酔え、よしの」

口移しで冷酒を与えられて、淑乃の身体が疼きだす。

そのままやさしく床に押し倒された淑乃は、飲み干せなかった冷酒が乱れた浴衣の胸元に垂れていくのに気づかないまま、彼の腕に囚われる。

淑乃の首筋から胸の谷間へと透明な雫が転がっていく様子はどことなく卑猥《ひわい》で、朔の劣情を刺激する。押し倒した状態で口づけを続けながら、朔は淑乃の浴衣の帯をしゅるしゅるとほどき、前開きの無防備な状態にしてしまう。まろびでてきた乳房を掬い上げられて、淑乃は慌てて声を荒らげる。

「サク、くんッ⁉」

「しー。トーヤにバレたら恥ずかしいでしょう？」

「で、でも……ぁっ、あ」

「浴衣姿のよしのも綺麗だよ。だけど、俺の手で脱がせて気持ちよくさせてやりたくなるんだよね」

「ひゃ……サク、くぅん」

「お酒飲んで気持ちよくなってるから、感度も良好。恥ずかしそうに啼くその顔も素敵だよ」

「い、言わない、でっ……」

浴衣をはだけられ、なし崩し的に愛撫をはじめられて、淑乃の身体はあっさり彼の手の中に堕ちてしまった。

口移しで飲まされた冷酒のせいか、身体はすでに火照っており、朔に胸を揉まれるだけで甘い疼きが湧き起こる。

「はぅん……」

「ショーツだけつけていたんだね。胸元が丸見えだったからてっきり下も穿いてないんだと思った……リボンで結ぶタイプ？　これはこれでエロいね」

「アッ、駄目っ」

しゅるりとショーツのリボンもほどかれ、布切れと化したそれを床に放り投げられ、淑乃は何も着ていない肌の上から浴衣を羽織っただけの姿にされてしまう。すでに揉みしだかれた胸元は中央部分が赤く突起しており、肌に垂れた冷酒を味わっていた朔の唇が嬉しそうに近づいて舌でくるむ。そのままぢゅっと吸われながら頂を舐めまわされて思わず淑乃は甲高い声をあげてしまう。ふだんよりも感じてしまうのは、肌に零れた冷酒のアルコールごと朔に舐めとられてその成分を乳首に塗られたから……？

「ふっ、あっ……ぁああんっ！」

「声、我慢できないくらい気持ちいいの？　いやらしくて、かわいいよ……」

上半身を口淫に任せた朔の手はいつしか下肢に移っていた。右手がゆるゆると秘芽を刺激している。もう一方の手は冷酒が入った盃に指を入れたのか、ひんやり湿っている。その指も莢《さや》を剝いた秘芯におもむろに乗せられて、淑乃の目の前に星が飛ぶ。

開かれた秘処に冷酒を浸した指が侵入する。冷たいのに熱い彼の指が蜜襞を動き回るだけで、淑乃は腰をひくひくと震わせてしまう。胸と蜜園への愛撫に、言葉通り酔わされて、淑乃は啜り啼く。

「ひぁ……サク、くんっ……もぉお、あっ、イっちゃ――っ！」

息子が眠っている近くで、朔に快楽に酔わされて、淑乃はそのまま達してしまった。

ハァハァと息を荒くする淑乃をぎゅっと抱きしめて、朔は乱れた彼女を堪能する。

夜風が火照った肌を嬲《なぶ》っていく。淑乃の浴衣の裾が風ではらりと舞うのが、妙に艶っぽい。

「星空の下でよしのを抱けるなんて、幸せだな」

「……え」

「これで終わりなわけないでしょう？　よしのだって物足りないくせに」

「あ、あたしは別に」

「こっちは期待してるみたいだよ」

「きゃっ」

くちゅり、と蜜口を指でかき混ぜられて淑乃が顔を真っ赤にする。朔の指は達した淑乃の愛液でねっとりと濡れていた。

「……い、じ、わ、る」

「もっともっと気持ちよくしてあげる。せっかくの婚前旅行だからね……ナカもしっかり愛してあげる」

「サクくんがシたいだけでしょう?」

「――はぅんっ!」

浴衣の中から取り出された剛直をひといきに押し込まれて淑乃が瞳を潤ませる。ずりゅっ、と入り込んだ彼の分身はすでに硬くなっており、淑乃のとろとろになった蜜洞をさらに撫で、最奥まで穿っていく。

「ゴ、ゴム……」

「必要ない」

「んぁっ⁉ あっ、ア、サク、く……ンッ」

「言っただろ? これからは我慢しないって……!」

「えぇっ⁉」

「よしの……責任はぜんぶ、俺がとるから……今まで何もできなかったぶんも、すべて……だから」

腰を持ち上げられ、体勢が逆転する。

繋がった状態で彼の上に座らされ、淑乃が狼狽《うろた》える。

「な、なんで、うえ……?」

「床だと痛いだろ? 寝室だとトーヤがいるし。たまには俺のうえで……ほら、感じて」

「きゃう……ん」

慣れない騎乗位に戸惑いながら、淑乃は朔の首に手をまわし、グラインドさせるように身体を揺らしはじめる。必死に腰を動かそうとする淑乃の身体のラインをやさしく撫でながら、朔は嬉しそうに瞳を細めて囁く。

「いいね。よしのが気持ちよさそうに腰を振ってるところが丸見えだ」

「はぅん、サ、サクくん……っ」

「羽織っている浴衣が邪魔だな。肩からはずす、よ」

「きゃ……！」

ひょいと身体を起こした朔に肩だけで支えられていた浴衣をするりと剝がされ、夜空の下に淑乃の真っ白な裸体が浮かび上がる。

すとんと落とされた浴衣は朔の手で床に投げられてしまった。

「綺麗だよ……よしの。恥ずかしがらないで」

ふるふると震える乳房が彼の両手に包まれて、ふたつの突起を指の腹で捏《こ》ねられる。それだけでも電流が走るような気持ちよさを感じたのに、朔はそのまま淫らなキスをはじめて淑乃をはなさない。

下肢は繋がったまま、身体を密着されて、淑乃はここが外の見える宿の縁側であることを忘れて甘く啼く。

「んっ……アッ——は、ふ……！」

「よしの。よしの。もっと、もっと俺を求めて……声出してもいいよ……俺がキスで塞ぐから」

「サ、サクく……激し、い、った……あぁ、イっちゃ――!」

互いに腰をぶつけあうように快楽を貪って、いつしか座って抱き合った状態のまま、ふたりは星空に見守られながら絶頂を迎えるのだった。

Chapter4　星降る初夜のその前に

五月中旬、淑乃は緑の木々が青々と茂る診療所で、はふ、と欠伸をする。

「香宮先生、カウンセリングルームお願いします」

「あ、はいっ！」

婚前旅行を経て更に愛を深めた朔と淑乃は灯夜に冷やかされながらも睦まじい日常へと戻っていた。朔が淑乃のマンションに泊まることも増え、必然的に同じベッドで眠るようになった。週末には三人で朔の父親のもとに挨拶に行くことも決まり、その際に今後の話をすることになっている。婚約破棄から一年経たずに学生時代の恋人とよりを戻し、結婚を決めた朔のことを、父親はどう思っているのだろう。反対はされていないようだが、不安は残っている——けれど淑乃はもう、このとろけるほどに甘い恋から抜け出せない。

「お待たせしました、専属カウンセラーの香宮で……」

「ご無沙汰してたね、香宮のお嬢ちゃん」

「へっ⁉」

淑乃をご指名だという新規の患者が待っているカウンセリングルームへ向かうと、思いがけない人物が悠々と椅子に腰掛けていた。

　カルテには見慣れない名前が書かれており、別人のカルテを持ち出したのかと淑乃は焦ったが、それすら想定内だとでも言いたそうに「まあまあ」と紳士が笑う。

　――彼はアカツキくんとは違う、月の裏側のもうひとつの太陽。

「失礼しました……海堂、陽二郎さんですね」

「俺のこと、朔から訊《き》いたんだ？」

「アカツキくんに代わって、日本へ戻ってくるという話なら……どうしてこちらへ？」

「なあに、香宮の最後のひとりである君に、ちょっとしたお節介だよ」

　白衣姿の淑乃に怯《ひる》むことなく、陽二郎は単刀直入に告げる。

　十二年前に母の墓前で対峙《たいじ》したときと変わらない彼の言葉を耳にして、淑乃は凍りつく。

　あれから十二年も経っているのに、陽二郎の姿はほとんど変わっていない。そこだけ時間が止まってしまったかのように、彼は若々しい。

「子どもを隠して育てていたんだってね。兄さんからその話を聞いたときは驚いたよ」

「それは」

「まあ、過去の話を今さら蒸し返すのもアレだな。今日は君と未来の話がしたい」

「未来……？」

　――この人はどこまで知っているのだろう？

　訝《いぶか》しむ淑乃を安心させるかのように、陽二郎が口をひらく。

「俺は別に君と朔の結婚に反対しているわけではない。むしろ放っておいたら人間味が消えちまう朔には君みたいな女性《ひと》が必要だと思っている」

彼の榛色《はしばみ》の瞳は暁を彷彿《ほうふつ》させる。けれど暁よりも深みのある、落ち着いた瞳の色だ。

淑乃は焦げ茶に近い榛色の双眸《そうぼう》を凝視して、彼が嘘《うそ》をついているようには見えないと判断し、言葉を返す。

「あの……香宮の出自は障壁になりますか？」

「なるかもしれないし、ならないかもしれない。君が赤子の頃の出来事を今さらどうこう言う物好きもそういないだろう。初代社長の海堂一も既に故人だ。潰された香宮の一族に固執するほど兄さんも姉さんも暇じゃない」

「サクくんのおじい様……？」

「初代なら、彼が中学校に入った頃に亡くなっているよ。あの頃は次に誰がトップに立つかで揉《も》めてね。ひとまず世代交代ってことで朔と暁の父親が社長の座についてそれを姉さんが補佐して、事業を継いだのがいまのK&D」

後継者争いは一の長男である明夫が収めたことになっている。だが、水面下では彼に反発する派閥が暗躍しており、当時中学生の朔もその波に飲み込まれてしまったのだという。

彼は自分が利用されることを拒み、逃避するように部屋に引きこもって絵を描くことで、父親の妨げにならないよう、ほかの派閥を刺激しないようにうまく立ち回っていたという――

――そこで生まれたのが「極夜」……朔が暗闇の中で希望を信じて精一杯描いた絵だったの

だ。

「朔は初代から会社を継ぐことを心から望まれていて、遺言にもそれらしき一文が記されていたんだが、なんせまだ中学生だし、息子もふたりいるというわけで初代の要望は叶《かな》えられなかった」

「……中学生で、社長？」

どうやら淑乃が知る朔と、陽二郎が語る朔の姿は乖離《かいり》しているようだ。

朔が仕事の話をしないのは、自分と同じで守秘義務があるからだと考えていた。

けれどもそれは不自然なことではないかと陽二郎は淑乃に問いかける。

表情を硬くする淑乃に気づいたのか、彼は案ずるように言葉を続ける。

「俺がここに来て話をしたことは、朔に伝えても構わない。君のためなら彼は……」

「いえ。カウンセリングの内容をカウンセラーが口外することはありません。たとえそれがサクくんにまつわる話題であっても！」

きりっと目を見開いて淑乃が言い返すのを見て、陽二郎がほう、とどこか安心したように口角を上げる。

「じゃあ、ここから先はオフレコってことで頼む。なんせ海堂の人間からすればこれは既に終わった話なんだ。けれど、それを是としない人間が朔個人を恨んでいる」

「はい……恨みデスカ？」

なんだか物騒な言葉を耳にしてしまった気がする。淑乃は朔が恨みを買っているという陽二郎の言葉に、表情を改める。

「朔に婚約者がいたことは知っているな」

「ええ。でも、結婚式に花嫁は逃げてしまったんですよね」

「俺が逃がした」

「…………ええ？」

淑乃の顔が驚きで動き出す。それを見て陽二郎はくすくす笑う。

「だから言っただろ。俺は君と朔が結ばれることを心から望んでいるって……けど、そのカルテの——木瀬省三《きせしょうぞう》という男は違う。香宮の娘と結婚するという情報はまだ伝わっていないが、君と子どもの存在を知ったら、君たちを害そうとするかもしれない」

「……はい？」

そういえば陽二郎はわざとこの名前でカウンセリングを受けに来たのだった。淑乃は改めてカルテ情報を確認して、瞠目《どうもく》する。保険証のコピーには後期高齢者と記されていた。

「あの、ずいぶんお年を召してらっしゃる方ですね……」

「この診療所の受付スタッフには俺が代理で訪れたことを伝えている。なんせご高齢ですから」

つまりこのカルテは偽名でもなんでもなく、実在する人物の情報なのかと淑乃は納得する。それもよりによって朔を恨んでいるご老人だという。

……けど、親族でもなんでもない男がなぜ、代診に訪れたのだろう？　首を傾げる淑乃に、陽二郎が種明かしをする。

「彼は初代、海堂一の腹心だった男だ。一が死んだ後、明夫を補佐する傍らで朔を叩《たた》き上げた老獪《ろうかい》だが、この数年で認知症がすすんでね。いまじゃ海堂グループの負の遺産さ」

「……それで、当診療所に？」

「君に逢いに来るのにちょうどいい口実だと思って。あ、これ朔には内緒な」

言ったら絶対ほかの病院紹介されるだろうからと笑い、陽二郎は淑乃に小声で呟《つぶや》く。まるで口説き文句のようだなと困惑する淑乃の反応を楽しそうに見ている。

「木瀬は、朔の父親に婚約者を紹介した男でもある。結婚が失敗したことがショックだったんだろう。病状が悪化し、朔に憎しみを持つようになってしまったと木瀬の息子夫婦が俺に報告してくれたよ」

「はい？」

次から次へと陽二郎から明かされる情報を前に、淑乃はたじろぐ。

なにがちょっとしたお節介だ。地雷を掘り起こしに来ているようにしか思えない。朔に伝えてもいいと言いながら、オフレコで頼むよと図々しく語るところも憎たらしい。

部屋の掛け時計を見上げて、時間だと促すと、彼は「ありがとう、話を聞いてくれてスッキリしたよ」と朗らかに笑う。なんと禍々しい笑顔だ。とはいえ患者である手前、淑乃も笑顔で彼を見送る。

扉が閉まる直前に陽二郎は不敵そうに口角を上げ、淑乃を試すような囁《ささや》きを残して姿を消す。

「ちなみに彼、香宮の家を破滅に追い込んだ残党だから」

＊　＊　＊

『君と出逢って朔は変わった。暁は変わらない兄に憧れていた』

『木瀬省三という男は朔が幸せになることを望んでいない。君と子どもの存在を知ったら、君たちを害そうとするかもしれない』

『ちなみに彼、香宮の家を破滅に追いやった残党だから』

――あの言葉は、いったいどういうことだろう。

木瀬省三の皮をかぶった海堂陽二郎とのカウンセリングを終えてからの淑乃は、ふとした拍子に考え込んでしまうことが増えた。

仕事中は意識を切り替えているから悩まされることもないが、診療を終えて朔が淑乃を迎えに来たときや、マンションで夕飯を食べているとき、朔とひとつのベッドで一緒に眠るとき……思わず考え込んでしまい、何もできなくなってしまう。

「の……よしの?」

「あ、ごめんねサクくん。今度の日曜日の話、だよね」

「ああ。昨日も思ったけど、連休明けの仕事で疲れてるのか?　だったら午後からにしておこうか」

「ん」

暁に代わって陽二郎が日本へ戻ってきたことを朔が教えてくれたのは、淑乃が彼とカウンセリングという名の対話を行った翌日のことだった。叔父の陽二郎と再会した朔は、やっぱり食えないオヤジだったと毒づきながらも、淑乃との結婚には賛成してくれたと教えてくれた。

「陽二郎叔父さんには、しばらくこちらで執務を手伝ってもらうことになったよ」

「ふうん」

「メルボルンでの仕事は暁に譲ったって言っていたけど、実際のところはどうなんだろうな……じゃ、シャワー借りるよ」

夜十時。灯夜はすでに眠りに就いている。明日も学校だからとリビングでくつろぐ淑乃と朔におやすみを言って素直に子ども部屋に戻った彼を見送ってすでに一時間が経つ。食洗器が止まるのを待つ間、部屋着姿の淑乃は朔が買ってくれた真新しいソファに腰かけてぼうっとしていた。

シャワーを浴びていた朔が半裸の姿でソファに座っている淑乃の前へあらわれても、彼女は身じろぎひとつしないで虚空を見つめている。

「先に寝ていてもよかったのに」

「だ、だって家事がまだ終わってないし。それにサクくん、今日泊まったら日曜日まで来れないんでしょ」

「食器を片付けるくらいなら俺でもできるよ……でも、待っててくれてありがとう」

腰をかがめて淑乃の額にキスをして、朔は食器棚の扉を開く。

「食器を片し終わったら……ベッドに行こう。一緒に、寝よう」

彼からの誘いに、淑乃は頬を染めこくりと頷《うなず》く。

——サクくん、もしかしてあたしがひとりじゃ眠れないことに気づいてる？

なぜだろう、陽二郎の言葉が棘《とげ》のように淑乃の心に刺さっている。朔に伝えたければ言ってもいい、そうすれば楽になれる……けれどもそれは仕事に誇りをもつ自分を裏切ることになる。

朔を恨む男の存在を、本人は知っているのだろうか。ましてや淑乃の一族を断罪した残党であることを知ったら彼はどうするのだろう。

陽二郎は淑乃に木瀬に気をつけろという警告だけして姿を消した。そして朔のもとで働きだした。

——きっと彼はサクくんにこのことを話していない。

木瀬省三という朔の祖父の腹心は、後継者の有力候補を朔から陽二郎へ換えたという。そもそも朔は木瀬とどうかかわっていたのだろう、彼の婚約者を選んだというのなら、面識がないとは考えられない。だとしたら、陽二郎が朔の前で木瀬についての情報を与えないのは何故……？

――海堂グループの負の遺産。もしくは、あたしとサクくんが結婚することで、不利益を被る人たち。その中に海堂陽二郎も含まれている？　だから彼はあたしたちの味方だと言いながら悪役の立場にいるの？　ああ、わからない。

日曜日には灯夜を連れて朔と海堂本家に挨拶に行くことになっている。父親の許しが出れば、すぐにでも入籍したいと息まく朔のことを思うと、淑乃は何も言えなくなる。木瀬は朔が幸せになることを望んでいない、と言い切るのは自分が選んだ婚約者を足蹴にされたからだろうか。けれどもそれは向こうからの婚約破棄だったと聞く。朔に落ち度はないはずだ。

それに木瀬は認知症を患っているという。もしかしたら過去と現在が交錯して、被害妄想を起こしているのかもしれない。朔のことを別の誰かと誤認しているとか。そうだとしたらこれは精神科領域の話だ。だから陽二郎は朔には何も言わず淑乃にだけ伝えたのだろう。朔に伝えてもいい、と言いながらオフレコで頼むなどと天邪鬼な言葉を残して。

「よしの？」

「……サクくんは、お仕事で疲れてないの？」

「傍によしのがいるのに、疲れた顔なんか見せられないよ」

さらりと言ってのける朔の姿に、淑乃はきゅうと胸が苦しくなる。

彼の方が年下なのに、いつの間にか淑乃をたっぷり甘やかしてくれる存在になっていた。

当たり前のように感じていたけれど、やっぱり自分は知らないうちに彼の重荷になっていたのだ。

だからといって、もう、彼からはなれるという選択肢はない……けれど。

秘密を燻《くすぶ》らせたまま、淑乃は朔に抱き上げられて、ベッドまで運ばれていく。

＊　＊　＊

淑乃の様子が昨日の夜からどことなくおかしいことに、朔も気づいていた。

それでも問い詰められないのは、彼女が悩んでいるものの正体が仕事と関連していると感じたからだ。

さまざまな患者と日々対話をする診療所の専属カウンセラー。病院に勤務していた頃よりは格段に労働環境が良くなっていると言っていたが、それでも朔からすれば他者と向き合い、ときにぶつかりあい治療への足がかりを探し出す彼女の仕事内容はミステリアスで、足を踏み入れることのできない領域だ。

割り切った性格の淑乃はふだんから仕事とプライベートを当然のように分けているが、それは容易なことではない。ときには私的な時間に考え事が侵食することもあるだろう。

自分だって似たようなものだが……彼女がいつまでも自分以外の何者かについて考えているという状況は精神衛生的によろしくないと朔は判断し、部屋着姿の彼女に触れていく。

「……サク、くん」

「俺が傍にいるときくらいは、仕事のことを忘れてほしいな」

「ごめん、な……ン」

ベッドの上に淑乃を横たえて、柔らかい唇を堪能してから、朔は淑乃が何も考えられないように愛撫《あいぶ》を加えていく。

部屋着を捲《めく》ると、淑乃の素肌が顔を見せる。ふくよかな乳房を包んで、触れられたいと望むように勃ちあがった乳首に舌を這《は》わせると、か細い声で反応が返ってくる。

「謝る必要はないよ。気持ちいいことたくさんすれば、よしのは俺のことだけ感じてくれるよね」

「ぁぁ、あ……」

「明日は診療所休診日だもんね？　眠たいのに眠れないんでしょ？　それなら眠れるまでたっぷりシてあげるから……ほら」

「はぅうっ」

朔に乳房を揉まれながら乳首を甘嚙《あまが》みされて、淑乃が悲鳴を上げる。

彼女の声が朔の下半身を刺激する。今夜は傍で一緒に眠るだけのはずだったのに、弱っている彼女にかこつけて結局手を出してしまった。淑乃も何も言ってこないから、イヤではないのだろう。

口づけて、口腔《こうこう》内を舐《な》め回しながら両手で乳首を摘んで捻ると、淑乃がひくひくと身体を弾ませる。

「疲れてるのにごめんね。でも、よしのがいけないんだよ。こんな姿見せられたら、嫉妬で気が狂いそうになる……俺のことだけ考えてくれればいいのに」

「ちが、うの……サク、くん！」

仕事に嫉妬しているなんて今さらおかしな言い訳だと淑乃は思ったのだろう。そんなことないと言いたそうに口を開いた彼女の唇を己のそれで塞いで、朔は行為を続ける。部屋着のズボンに手を入れて、そのままショーツのクロッチに指を伸ばすと、淑乃が足をだらりと投げ出して、朔の指を受け入れる。湿った布地越しに、彼女の秘芽が膨らんでいく。

「ンッ——！」

「こんなときでも身体は正直だね。一度、イっておこうか」

「あぁっ……サクく、んっ……ぁ……っ、はぁ、いあ、め——っ！」

朔の手で軽く達した淑乃は喘《あえ》ぎながら、彼の背中を両腕で抱え込んでいる。

はぁはぁと息を荒くしながら朔にされるがまま快楽を受け入れた淑乃は、焦点の合わない瞳を朔に向けて懇願する。

「……サクくん、もう、大丈夫だから」

「その状態で大丈夫って言われても信じられないよ」

「で、でも」

「それに、俺のほうが大丈夫じゃないんだ」

ほら、といきり勃った下半身を腰に当てられて、淑乃がびくっ、と身体を震わせる。

「だから……このまま抱かせて」

彼女の応答を待たず、朔は淑乃のズボンとショーツを脱がせて両足を開かせる。陰核を扱いて蜜洞へ指を抜き差しすると、いやいやと首を振りながらも太ももまで秘蜜を滴らせ、つま先を丸めて悦楽の波に浚《さら》われていく。

「サ、ク、く……っ」

「挿入るよ」

指でおもむろに掻《か》きまわして彼女のナカが濡れたのを確認してから、大きくなった屹立を淑乃のひくついた蜜口にあて圧迫しながら奥へ進めていく。くいっ、くいっと奥を突くと淑乃が声にならない媚鳴をあげて朔の肩にしがみつく。ふだんのように丹念な愛撫を受けず、完全にほぐしていない膣奥におさめられた一物は、淑乃のなかで質量を増していく。苦しそうな淑乃の声に、朔がごめんねと一度動きを止め、膣内で繋《つな》がった状態のまま彼女の胸への愛撫をはじめる。

「ぁ、それ……っ」

「気持ちいいんだね？　ほら、俺を感じて。もっともっと気持ちよくなって」

「ひゃ、ん……な、んで？　はぁん、ぁあー……んっ」

ナカで動かない朔を不審に思いながらも、彼に両方の乳首を指先でころころと転がされ、耳殻を舐められながら囁かれ、淑乃の頭の中に靄《もや》がかかりだす。世界が真っ白になっていく錯覚とともに、淑乃は膣奥からどぷっと愛液が分泌されたことに気づき、顔を真っ赤にしながら絶頂を迎えてしまう。

「〜〜〜ッ！」

淑乃の秘蜜を浴びて、朔の分身がむくむくと膨らんでいく。そのまま腰を摑《つか》まれ、ナカを小刻みに擦りあげられ、達したばかりの淑乃は涙を浮かべながら声にならない声を上げる。ふたたび責め立てられて限界に達した身体を何度も激しく穿《うが》たれて、淑乃は朔の手で何も考えられない状態へ追いやられていく。もはや脳内まで麻痺《まひ》して、思考回路が寸断されて口にしている言葉が意味をなさずにいる。

「動かす前にイっちゃったね。いやらしくてかわいいよ」

「うっ……はぁん、あぁ、い、はっ……あぁー……っん」

「たくさんイっていいからね。俺だけが知っている快楽に堕ちたその顔も好きだよ」

「ぁあ、ご、め、ん……なさ、いやらしく、てぇ……」

朔の前で情けなく達して啜《すす》り啼《な》く淑乃は申し訳なさそうに声を上げるが、彼はその姿にも興奮して劣情を隠さない。

「綺麗《きれい》だよ、よしの。俺こそこんなに苛めてごめんな……そのかわり、今夜もたっぷり出してあげる」

「っ……サク、くん、の……？」

「そ。覚悟して。もっと、激しく、する……からっ！」

とろんとした表情の淑乃をさらに悦ばせようと、腰を摑む朔の手が強くなり、ピストンが深まっていく。最奥まで彼の分身が触れて、おりてきた子宮口めがけて彼の白濁が発射される。はちきれてじんわりと熱いモノがナカへ放出された感覚とともに淑乃は朔に口づけられて、その日最大の絶頂を迎える。

「も、もぅ……ら、めっ、サク、く、イっ……てるか……らぁ——あぁぁ……！」

＊　＊　＊

朔に仕事で悩んでいると誤解されたまま抱き潰された翌朝。すでに時計の針は九時を過ぎていた。

「ちょっとサクくん！　なんで起こしてくれないの！　……むっ？」

ベッドからむくりと起き上がった淑乃は、朔に抱きしめられ唇を奪われ何も言えなくなってしまう。

朔は淑乃の髪を撫でながら、宥《なだ》めるように言葉を紡ぐ。

「今日は休診日。それにトーヤなら俺が作った朝食食べて、学校に行ったよ」

「——あ、ありがと」

「ママは仕事でお疲れだから寝ているって伝えたら、無理しないで、だってさ」

「ん……」

「本当は、俺が淑乃を夜遅くまで手放せなかったからなんだけどね」

「もう、サクくんってば……」

気怠い身体に鞭《むち》打って、淑乃がベッドから立ちあがると、朔が部屋着を脱がして裸にしてしまう。

朝陽が差し込む寝室で無防備な状態にされた淑乃は、朔の手で彼が選んだ薄紫色の下着をつけられ、そのまま白地に桃色の小花がプリントされたワンピースに袖を通され背中のリボンを結ばれる。なんだかお姫様になったような錯覚に、淑乃は柄にもなく戸惑いの表情を浮かべる。

「よしのは淡い色が似合うよね。今日はカウンセリングもお休みでしょ？」

「お休みだけど午後からカルテを……」

「じゃあ午前中に一緒に役所行こう。婚姻届もらいに行かないと、結婚の許しをもらってもすぐに手続きできないだろ？」

午後から診療所に戻らないといけないが、役所に行くだけなら午前のうちに用事を済ませられるはずだ。

淑乃が頷くと、嬉《うれ》しそうに朔が笑顔を見せる。

「ひさびさにふたりでデートできるな」

「午前中だけだからね」

「わかってるよ。役所行ってセレクトショップ行ってお昼ごはん食べるまでつきあってくれれば今日は充分」

「……役所だけじゃないの？」

淑乃がきょとんとした表情で問い返すと、朔が軽く首を縦にふる。

「よしのの服も見に行きたいからね」

「服はもういいわよ」

「日曜日に挨拶に行くときに着ていく服は？」

「……え？」

「さすがに和服だと俺着付けできないから、人にお願いしないといけないよね」

「サクくんっ!?」

「冗談だよ。トーヤも一緒だからそんなに堅苦しい格好じゃなくて大丈夫。俺もスーツだし」

「じゃああたしもスーツでいいです」

「いまからオーダーメイドのスーツを注文すると間に合わないけど……」

「だ、だからなんで買う方向で、それもオーダーメイドって発想になるのよ!?」

そういえば、学生時代は買い物デートなどしたことがなかった。淑乃も朔も大学敷地内で過ごすことが多かったからデートといえば図書館、博物館、美術館、劇場などが主で、わざわざ繁華街に買い物に繰り出すこともなかったからだ。生活用品の多くは通販で事足りたし、大学周辺にある量販店に行けば急ぎのときに必要最小限なものを購入できた。淑乃が持っているスーツも街道沿いの洋品店の閉店セールで格安で準備したものだ。

産後に購入したそれは、灯夜の入園式や入学式のときのセレモニースーツとして現役で活躍している。母親が着慣れた服でいる方が灯夜も緊張しないだろうから、それで充分だと淑乃は考えていたのだ。

「わかったわかった。服についてはよしのにまかせるよ」

結婚の挨拶に行くためにわざわざ彼に服を買ってもらう必要はないと力説する淑乃を微笑ましく見つめていた朔は、すこしだけ名残惜しそうな顔をしたが、彼女の意見を聞き入れた。

「そのかわり」

＊　＊　＊

シルクの布に、繊細な意匠のレースと透き通ったシフォンリボン、八重咲きの薔薇《ばら》やトルコギキョウを彷彿させる豪奢《ごうしゃ》なコサージュに、小粒ながらも存在感のある淡水真珠、どれもこれも高品質の素材が所狭しと大理石でできた卓の上に並べられ、手に取られるのを待っていた。

同じ場所に飾られたトルソーには床までドレープが重なった純白のドレスが着せられていて、サンプルとは思えない輝きを魅せている。

淑乃に似合いそうだと朔が口を開くと、店員が嬉しそうに賛同して声を弾ませる。

「ええ、こちらの裾の長いタイプは今の流行なんですよ。あちらにもご用意しておりますのでぜひご覧ください！」

——なんで、こんなことになっているんだろう？

「会社のことを考えると、結婚式を挙げないって選択肢はないだろ」

「サクくん、さすがに気が早すぎると思うよ。まだ結婚式の日程すら決めてないのに」

「オーダーメイドは時間がかかるからちょうどいいよ。今のうちに採寸だけして……」

「……太ったらどうするの」

「もちろん調整できるようにはしてもらうよ。赤ちゃんができても大丈夫なようにね」

「——⁉」

朔と一緒に役所に婚姻届をもらいに行った足で案内されたのは、デパートのＶＩＰ御用達ブライダルサロン。貸衣装ではなく、オーダーメイドでウェディングドレスを作成するのだという。

結婚しようという話はしたが、結婚式をしようとは言っていないと淑乃が唇を尖《とが》らせると、入籍だけですむわけがないと逆に朔に諭されてしまった。

「俺だって家族単位のささやかな挙式で充分だと思うけどさ。会社向けの披露宴を行うなら最高に着飾って見せびらかしたいんだよ……だから日曜日はスーツでいいから、結婚式の衣装は俺と一緒に一から作ろう」

「……もう」

そもそもの発端は淑乃が今度の日曜日に朔の父親に挨拶するために服を買う買わないというものだった。これならはじめから素直に服を買ってもらえばよかったのだろうか……いや、朔のことだから淑乃が否と言えないよう花嫁衣裳《いしょう》を準備させるためにあえて日曜日の件を譲って、こっちに誘導した可能性が高い。

「――じゃあ、甘すぎないロマンティックなドレスがいい」

「了解。採寸が終わったら一緒にどんな素材でどういうデザインがいいか考えよう、写真撮ってトーヤに決めてもらうのもいいかもしれないいな」

「え、なんだか恥ずかしい」

「自信持てってて。よしのは何着ても似合うんだから。きっとウェディングドレスも最高の一着になるよ」

「気が早いよ」

朔の父親に結婚する旨を報告して、その結果も踏まえて結婚式のスケジュールを組まなくてはいけないというのに、彼はすでにその先のことをひとりで考えて実行に移そうとしている。

きっと朔は今まで日陰の立場に甘んじていた淑乃が自分の運命の相手である、と表舞台に立たせたいのだ。

「早いもんか……俺はずっとよしのを花嫁にすることを学生時代から考えていたんだから」

＊＊＊

朔と思いがけない時間を過ごした淑乃は、ランチを食べた後、休診日の診療所へ戻り、誰もいないカルテ庫からカルテを取り出していた。

まずは海堂陽二郎が気をつけろと警告した木瀬省三について知る必要がある。香宮の断罪にかかわった当事者で、朔に婚約者を選んだ男。朔が婚約者に逃げられたことで一方的に失望し、陽二郎にすり寄ってきたのはなぜか。そして朔を個人的に恨んでいるのはなぜか……。

診療所には新規患者として登録されているが、もともと大学病院の精神科外来を受診していたらしく、紹介状が添付されていた。

「休みの日なのに熱心だねえ」

「あ。篠塚先生、お疲れ様です」

ぬっと背後から現れた篠塚はくたびれた白衣を着ていた。木曜日の午前に大学病院で診察をしている彼は、午後から調べたいことがあると報せてきた淑乃のことを慮って、様子を見に来てくれたらしい。

「先日の患者さんのカルテを確認しているのかな？」

「あ、はい。海堂陽二郎さんが代理でいらした」

「木瀬さん？」

「篠塚先生、ご存じなんですか？」

「病院で何度か顔を見たことがあるよ……ふだんは院長先生が相手されるから、向こうは僕のこと知らないだろうけど」

苦虫を嚙み潰したような表情を見せる篠塚に、淑乃は意外だと目をしばたたかせる。

「海堂グループの初代を裏で支えた腹心とか重鎮って言われているけれど、今じゃ過去の栄光に縋《すが》っているだけのかわいそうな人だよ」

「……そう、なのですか」

どこか哀愁のこもった彼の声音に、淑乃は躊躇《ためら》いながらも、カルテを読み上げる。

「木瀬省三、八十三歳。三年ほど前より記憶障害、認知機能障害、見当識障害を発症。昨年秋より上記中核症状のみならず幻覚・徘徊《はいかい》・抑うつ等の周辺症状《BPSD》が顕著となり、精神科専門医受診とプライマリケアを余儀なくされるようになる。各種スケールによる検査および画像検査、頭部ＭＲＩ・ＣＴの結果を踏まえアルツハイマー型認知症との診断。現状は投薬治療と週に三回のグループホームで行われる訓練にて症状の悪化を遅らせているが、改善は見られず。向精神薬との併用は原則不可だから、この先は非薬理学的介入でどうにかするしかない……か」

かつては創業者とともに沓庭を拠点に第一線で活躍。戦後の高度経済成長期を味方に会社を成長させ、多くの関連企業を傘下に収め、海堂グループを不動のものとした実力者。初代亡き後は一の長男で朔の父親にあたる明夫の傍について後継の育成に励んでいたという。八年前まで本社役員の責を担い、その後は子会社会長として悠々自適な生活を送っていたらしい。

五年前に妻に先立たれてからは隠居の身となったが、彼の影響力は残されていたとされる。だが、認知症を発症しているおじいちゃんが、過去の栄光にすがるためだけに会社を混乱させるようなことを行うだろうか？　彼の親族や婚約者の一族もかかわっているのでは……？

——そういえばあたしはまだ、サクくんの婚約者が何者であったかを訊《き》いていない。知る必要がないから教えられていないだけ、なんだろうけど。

「淑乃ちゃん？　何を考えているのかな」

「木瀬さんは五年ほど前にサクくんに婚約者を紹介しています。その婚約者について、知ることができれば……」

「そうだね、本人に確認するのがいちばんだと思うよ。ただ」

篠塚の声が低くなる。

まるでその人物が何者かを知っているかのような口ぶりで。

「なぜ朔くんが貴女に伝えていないのか、考えてからでも遅くはないよ」

＊　＊　＊

診療所をあとにした淑乃は、ふだんより一時間ほど早く灯夜を迎えに行った。

「こんばんは、香宮ですけど」

「あ、トーヤくんのお母さん！　お疲れ様です」

沓庭サポートセンターの指導員、三澤理絵に迎えられ、淑乃は息子の姿を探す。

いた。ランドセルの中に強引にプリントを突っ込んでいる。律儀に宿題をこなしていたのだろう。ちゃんと揃《そろ》えてから入れればいいのに、と淑乃は呆《あき》れながら見つめていたが、早く母親のもとへ向かいたくて仕方がなかった灯夜はそそくさと帰り支度をして彼女の前へ駆けていく。

「ママおかえり！」

「ただいま。宿題やっていたの？　えらいわね」

「えへへ。ママはもう身体大丈夫なの？　お、パパが仕事で疲れてるって言っていたけど」

「もう大丈夫。心配してくれてありがとうね」

おじさん、と言いそうになったのを慌ててパパと口にする灯夜を見て、淑乃は微笑ましい気持ちになる。

その様子を不思議そうに見つめていた理絵が、「パパ？」と目を白黒させている。灯夜が「ん」と頷いて、彼女に小声で呟いた。

「ママ、もうすぐパパと結婚する」

「ちょ、トーヤ！」

「え、っと……どのパパさんですか？」

向こうも突然の告白に驚いているのだろう。そうでなければどのパパだなんて口にするわけがない。

灯夜は顔を真っ赤にする母親を前に、嬉しそうに告げる。

「暁おにいちゃんの、おにいちゃん」

「それって……海堂、朔さん？」

正直に口にした灯夜を前にあああ、と淑乃は口をパクパクさせる。

だが、てっきり暁か篠塚のことだろうと思っていた理絵はその思いがけない名前に、表情を曇らせた。

彼女の表情の些細《ささい》な変化に気づいてしまった淑乃は、何か不安要素でもあるのだろうかとつい首を傾げる。

けれど息子はそんな母親たちの姿に気づくことなく嬉しそうに報告を続けている。

「うん。僕のほんとうのパパ！」

「そうだったの……それで、さいきんの灯夜くんはいつも楽しそうにしていたのね」

どこか納得した表情で、淑乃に向き直り、おめでとうございますと口にする理絵の表情はすでに笑顔に戻っていた。

彼女が一瞬見せたあの顔はなんだったのだろうと不思議に思いながら、淑乃は困惑した表情で理絵に伝える。

結婚するという話はしているが、これから向こうへ挨拶に行くこと、入籍は挨拶が終わってからになること、準備ははじめているものの結婚式についてもまだ日程を決めていないことなど……まるで言い訳のように細々と口にする淑乃を前に理絵が、ああ、と共感するように頷く。

「そうですよね……沓庭の海堂一族は一筋縄ではいかないことで有名ですから。わたしが言うことじゃないとは思うんですけど」

「――え」

「あら、ご存じなかったですか？　わたしの実家、沓庭で工務店経営していたんですけど……いろいろあって」

違約金を払ったことでお金もすっからかんになっちゃったからあっさり海堂グループの傘下に吸収されちゃってね、とからから笑う理絵を前に、淑乃は驚愕《きょうがく》する。

海堂グループが工務店を吸収する。どこかで、聞いたことのある話だ。

けれど、彼女が口にするそれは、淑乃が知っている騒動とは別のもののようだ……。

「それって、三十年前の？」

「え？　篠塚工務店のことですよ。ほんの一年くらい前です。妹の結婚式が失敗した腹いせに潰されたってはじめのうちは騒いでたけど、花嫁が逃げたのはうちの落ち度だから仕方ないんです。それに、いまの方が給与が良くなったこともあって文句言ってたのも最初だけだったかな。今じゃ海堂サマサマって……」

「妹？　花嫁？」

「わたしは前妻の娘なんでとっとと嫁に出されちゃったんですけど、ひとまわり年の離れた母親違いの妹がいるんです……いや、いた、って言った方がいいのかしら」

「まさか……」

ふふ、と淋《さび》しそうに笑う理絵を見て、確信する。

彼女もまた、海堂一族によって実家をめちゃくちゃにされたひとりだったのだと。

「そうです。かつて、わたしの妹は、海堂朔さんの婚約者でした」

＊＊＊

マンションに戻った淑乃は、ふだんよりも言葉数が少ないのを灯夜に心配されながらも、夕飯の支度と息子の入浴と就寝準備を終わらせ、午後九時にはひとりの時間を確保した。

朔のいない夜。淋しいけど日曜日にはまた逢《あ》えるのだから、と淑乃は思惟《しい》に耽《ふけ》る。

――過去の婚約者のことをサクくんがあたしに伝えたくなかったのは、あたしの家族を壊した祖父同様に、彼もまた同じことをしていたから？

三澤理絵の異母妹が、朔の元婚約者だった。

彼女は執事とともに結婚式当日に海外へ逃亡、その後どうなったのかは向こうの家族すら知らないのだという。たぶん、陽二郎に訊けば教えてくれそうな気はするが、淑乃はそこまでして朔の元婚約者のことを知りたいとも思わなかった。家を捨てるという大胆な判断をした彼女は、時代錯誤な政略結婚から逃げることで、朔の目を覚まさせたのかもしれない。

向こうも朔との結婚には乗り気ではなかった、結婚したところですぐに別れるのは誰の目から見ても明らかだった、とまで言わせるほどの冷めた関係だったらしいが、それならばなぜふたりは婚約させられたのだろう。

――やっぱりお金かな。結果的にK＆Dは工務店を吸収して、土地や違約金も手に入れているんだよね。

篠塚一族は沓庭でも有数の大地主として名を馳《は》せているが、ここ数年は良い噂《うわさ》をあまり聞かない。勝ち目のない不動産投資に金をつぎ込んだ結果、不景気による不動産減収もあいまって資金繰りが悪化したという。本家の人間は今も一部の土地を切り売りしてどうにか凌《しの》いでいる現状なんですよと、分家の三男坊である篠塚が淑乃に愚痴ったことがあったのを思い出す。

同僚で医師の資格を持つ篠塚は本家一族とは距離を置いているというが、それでも同じ苗字だからかよく患者に誤解されている。自分は病院勤務とマンションの家賃収入だけで充分だから、ほかの親族から金を無心されても応えるつもりはないと言い切っていたが、本家の没落っぷりはイヤでも耳に入ってくるのだろう……沓庭から全国で成功したK＆Dの海堂家の御曹司と結婚する予定だった娘が逃げ出したなどという醜聞も含めて。

「……あれ？」

こんな時間に電話の着信が来ている。市外局番が記されている見覚えのない番号だ。誰からだろうと不審に思いながら通話ボタンを押す、と。

「夜分遅くに申し訳ございません、香宮さまでよろしかったでしょうか」

「――あなたは……西岡さん？」

電話の主は先日、朔が紹介してくれた海堂本家の管理人だった。

老紳士は元社長秘書だったというだけあってキリっとした声で淑乃に告げる。

「申し上げます。坊ちゃ……朔さまが――！」

＊　＊　＊

平屋建ての古風な日本建築を誇る海堂本家はしんと静まり返っていた。かつては幼い朔と暁の兄弟が暮らしていた邸に今、暮らしているのは彼らの父親の明夫とその妹である光子のふたりだけ。

今夜はふたりとも東京本社に泊まりで出かけているから、ここには朔と管理人の西岡以外誰もいない。

朔は久々に本家に戻り、かつて与えられた自分の部屋で書類と格闘していた。

――よしのとの結婚を反対しているのは、木瀬派の人間か？　だが、あいつらは……。

木瀬省三。朔を神童だと祭り上げた重鎮は、創業者の死後、彼の遺言を素直に受け入れた。大人顔負けの知識で鉄鋼資材の可能性を唱えた朔に創業者の片鱗《へんりん》を見て社長にしようと考えたのだ。だが、まだ義務教育も終えていない彼を海堂グループのトップに据え置くという信じがたい創業者の遺言は却下され、朔の父親である明夫が二代目を継ぐことになった。それでも木瀬は朔を会社経営にかかわらせたがった。

明夫も彼の才には気づいていたから、リーダーとしての資質を叩き込み、技術を磨かせたが、他者を寄せ付けず難解な作業に没頭しやり遂げる少年を気味悪がる人間もいた。部活や友人たちとの遊びに現《うつつ》を抜かす弟の暁とは異なり、朔は一族が携わる仕事に夢中になっていったからだ。

人間らしさのない、このままでは過労死しそうな彼に気づいたのは陽二郎だった。彼のお節介で朔は淑乃と出逢い、はじめての恋を知った。

木瀬は人間らしくなった朔に戸惑っていた。やがて木瀬は本社を退き、子会社の会長職に就いたため、その後木瀬と朔は仕事をともにすることはなくなったが、何かしら顔を合わせることは多かった。なぜなら木瀬は退職後も海堂本家の敷地にほど近い場所に居を構えていたからだ。

その姿はまるで腰ぎんちゃくのようだと暁にも呆れられていたほど。不気味な木瀬の朔への執着は、淑乃に振られたと朔が認識した五年ほど前、木瀬に紹介された婚約者を受け入れたことでいったんは落ち着いたが、結婚が失敗に終わったことで再び朔の周囲に木瀬の影がちらつくようになっていた。

なぜ朔だけに執着しているのかはわからない。

——けど、歯向かうものは力で圧倒するしかないんだ。こんな姿、よしのに見せたくなかったんだけどな。

社長の御曹司である自分に近づいてきた人間は幼い頃からごまんといた。近寄りがたい空気を醸し出して、心を閉ざしひとりでいることを選んだ朔と、すべてを受け入れ他者を気まぐれに傷つけていた暁という対照的な兄弟は、まさしく月と太陽のように見えただろう。幼い頃の朔は太陽のない世界に逃げ込みたかった。夜の力は太陽の光すら鈍らせる。淑乃は「極夜みたいにやさしい」と朔のことを言ってくれるが、そう評してくれたのは彼女だけだ。あの「極夜」の絵は光まで包み込めという自戒の念も込めたものだったから。

——俺は、変わったのだろうか。

子どもをひとりで産み育てている淑乃を見た瞬間、凍りついていたなにかが溶けだした。過酷な星の下に生まれた香宮の最後のひとり。彼女の父親が犯した罪と朔の祖父によって、家族をバラバラにされた淑乃は、滅多に自分から願いを口にしない。朔はもっと求めて欲しいと常々思っている。たくさん甘やかして笑顔にしたい。たとえ周りが反対しようが、手放すことはできない。

だって淑乃はプロポーズを受け入れてくれた。朔のために身をひいて、灯夜をひとりで育てることを決めた彼女が、ようやく自分の元に帰ってきたのだ、今さら誰に反対されようが妨害されようが朔の決意は翻るわけがない。

「あった」

そして取り出した書類を手に、はぁとため息をつく。

彼らを黙らせるための唯一の証明。

説得するには、これしかない。

「公にされて困るようなものとは思えないけどなぁ……」

「おやおや、何をコソコソしているのかね」

「――っ」

人の気配などなかったはずなのに、朔は亡霊でも見てしまったかのように顔を歪《ゆが》める。

ケタケタと嗤う男の声はしわがれており、庭先で鳴く螻蛄《おけら》の声に似ていた。

そういえば、蒸し暑いしどうせ誰もいないからと扉を開けっぱなしにして作業していたのだ。朔は自分の失態に気づき、青褪《あおざ》める。

「今さら、香宮について調べるなんて、無駄なことを」

「……それでも、お前たちを黙らせることくらいはできるだろう？　木瀬」

「ワシは悪くない！　悪いのは――なんじゃ！　調子に乗りやがって！　――お前なんて、海堂の歯車として死に物狂いで働いてれば良かったのに！　不吉な夜の息子めっ！」

しゃんとした立ち姿の老人が手に持っていたのは、こんなところにあるはずもない――錆びついた鉈《なた》だった。

木瀬から逃れようと慌てて縁側に出たものの、凶刃は朔の背中を一閃《いっせん》する。

「うぉおおおおーっ！」

月夜の下で背中から血を流し、獣のように吠《ほ》える朔を、なおも彼を害そうと目を血走らせた木瀬が追い詰める。鉈を持つ手が震えている。先ほどまでの威勢は若き虎の咆哮《ほうこう》の前に消え去っていた。哀れな老人は朔の姿に圧倒されていた。その隙に鉈を奪い取り、彼を倒し地面に押さえつける。

ぜいぜいと息を切らしながらも、冷静な朔は邸に残っているもうひとりに向けて、大声を振り絞る。

「にぃしぃおぉかぁあ！」

朔の大声に、西岡が驚いて駆けつけ即座に木瀬を確保する。意味不明な言葉を口にしていた木瀬は、自分が心酔していた創業者の孫を傷つけたことに初めて気づいたのか、いやいやと幼子みたいに首を振った後にぷつりと糸が切れたように虚脱してしまった。警察に引き渡す前に病院へ運ぶ必要がありそうだなと冷静に考える朔もまた、背中が熱を持ったように熱くなっていることに気づき、「……痛ぇ」と呻《うめ》きだす。

「すでに警察と救急には連絡済みです。どうかご無理なさらず……！」

「俺は、大丈夫だから——を……頼んだ」

——意識が遠のいていく。

こんなところで。よしのに怒られてしまう。

ようやくすべての駒が揃ったのに、彼女を手に入れる前にくたばってどうする。

「よ……し、の」

俺はこれぐらいで死ぬような人間じゃないぞと心配する西岡に笑いかけながら、朔はゆっくり、瞳を閉じた。

＊　＊　＊

「西岡も大げさなんだよ。死ぬような傷じゃないってのに……みっともないところを見せちゃったな」

「で、でもサクくん、背中切られたって……」

「皮膚を裂いただけだよ」

涙を浮かべながらも朔の無事を確認した淑乃はホッとした表情に戻っている。

昨晩の電話で朔が怪我をしたことを知らされたものの命に別条はないため明日にでも顔を見せに来てほしいと西岡に言われ、眠れないまま朝を迎えてしまった彼女は、灯夜を学校へ送り出した後に事情を篠塚に説明し、急遽《きゅうきょ》シフトを休みにしてもらった。気にするなと言ってくれた篠塚に何度も礼を言って、淑乃はようやく朔が緊急搬送された病院で包帯をぐるぐるに巻かれた彼と面会することが叶ったのである。

「それに傷だってもう縫ってるし。本来なら入院する必要もな……」

「サクくん！」

「わかってる……怒ったよしのの顔もかわいい」

「っ」

意識を取り戻したときにはすでに処置を終えて個室に押し込められていたという朔は、淑乃の恨みがましい表情を前に降参する。西岡が四方に連絡をしていたらしく、東京にいた父親と叔母も午後にはこちらに来るという。

「お父さまたちがお見舞いにいらっしゃるのなら——あたしはいない方がいい？」

「まさか。せっかくだからここで顔を合わせて、腹を割って話せばいい」

「何を話すのよ」

「息子さんをください、って」

「逆でしょ、もう……」

平気だと軽口を叩く朔だったが、やはり傷が痛むのだろう、ときどき顔を顰《しか》めている。怪我の程度は軽いというが出血の量が多かったのでしばらくは安静に過ごす必要があるそうだ。背中を縫った場所は裂傷による発熱と痛みがいまも残っているからか、点滴をされている。

「どうして襲われたのよ」

「よしのは、俺を襲った男……木瀬省三を知っている？」

「ええ。陽二郎さんが彼の代理で診療所にいらしてカウンセリングを」

「――叔父上が？　それってどういうことかな？」

その言葉に、淑乃が「あ」と両手で自分の口を塞いで首を振る。

仕事で悩んでいるものだとばかり思っていたのに、ここ数日彼女が物憂げな表情を見せていた原因が叔父のことであったとは思いもしなかった朔は、つい厳しい声で淑乃を問い詰めてしまう。

「……ごめん、なさい」

「怒ってないよ。ちょっと驚いただけ」

「で、でも言えなかったの……仕事、だったから。陽二郎さんはサクくんに言ってもいいよって言ってくれたけど……」

「それで悩んでいたの？」

ベッドで横になっていた朔から近い場所にある椅子に腰かけていた淑乃は素直に頷く。

彼女の髪が朔の頬を掠《かす》っていく。

目を眇《すが》めて朔は「そうだったのか」と点滴をされていない方の腕を伸ばして、彼女の頬を撫でる。顔を寄せてきた彼女の唇の端に不器用な口づけをすると、目をしばたたかせた淑乃が、両手で朔の頬を包んで啄《ついば》むようなキスを返す。軽く合わせるだけのキスを何度も繰り返すうちに、どちらからともなくお互いに舌を絡め合わせる。

「――ッふぁ……サクくん、ダメだってばぁ……」

口腔内で淫らな音を奏でながら、このまま彼女を……朔の思考を邪魔するようにズキンと背中が痛みを訴える。

「ッ痛ぅ！」

「ほらぁ……続きは怪我が治ってからだよ」

「よしの、心配かけてごめんね」

「なんでサクくんがそれ言うの？　あたし、も心配かけていたのに」

「そう、だな」

お互い似たもの同士だねと苦笑する淑乃に、朔の気持ちも凪《な》いでいく。

結婚したら、毎日こんなやりとりを繰り返すのだろうか。いつも傍にいる彼女と息子と……。

そのためにはやはり、自分たち一族が隠していた真実を彼女に明かして、すべての人間にこの結婚を認めさせるしかないのだ。

「よしの。貴女は自分の父親の名前を知らされていないと言っていたよね」

「藪《やぶ》から棒に何よ。そうよ、物心ついたときからあたしは香宮の母親と祖母と三人で暮らしていたの。あの家について話すのは禁忌だ、って……サクくん？」

「あの家、ね……不吉な夜の息子……やっぱり、そうか」

凛《りん》とした表情を見せた朔に、淑乃の胸が高鳴る。彼はもう、解決の糸口を見つけたのだ。

淑乃がひとり戸惑っているあいだに。

「不吉な夜の息子？」

「俺だけ、海堂の中で夜の名前だからな……でも、それは別人のことだ」

「別人？」

「その男は……木瀬の愛娘を誑《たぶら》かし、駆け落ちさせた。きっと彼は俺とその男を混同してしまったんだ。俺が過去を調べていたから……」

そして朔は淑乃に、すべての元凶となった人物――自分と同じ夜の名前を持っていたという男について、語り始める。

＊　＊　＊

淑乃と話をしていたはずなのに、いつの間にか眠っていたらしい。

朔は寝台の上で、目を開いた先、扉の前で突っ立っている人物にそっと声をかける。

「叔父上……」

「よく眠っていたね。香宮の嬢ちゃんが呆れていたよ」

「そうだ、よしのは⁉」

彼女が朝一に見舞いに来てくれたのは覚えている。泣きそうな顔をして、自分の無事を確認してくれた淑乃は……？

「彼女なら、兄さんと院長のところだ」

「院長？」

首を傾げる朔に向けて、陽二郎は「ここは彼女の元職場だろ?」と言う。

そういえば診療所に引き抜かれるまで淑乃はここで働いていたのだ。過酷な医療現場でカウンセラーとしての腕を磨いたから今の自分がいるのだと言っていた彼女だが、今さら院長の元へ何をしに行ったのだろう。

「叔父上は木瀬派を潰そうとしてくださったんですか? それとも利用しようとしただけですか?」

「俺がけしかけたとでも思ってるのか? 冗談じゃない。彼はもう……過去と現在の区別がつかなくなってきている」

今回の事件は病状が進んだ木瀬の被害妄想と夜間徘徊によるものゆえ、刑事告発は難しいだろうとのことだった。朔の怪我が軽症で済んだこともあり、表向き派手に騒ぐつもりはないが、木瀬と同居していたK&D会社役員の弟夫婦が責任をとって辞任することを表明したため、社内の木瀬派は壊滅的状況に陥った。上層部の動きが鈍った今こそグループ会社の膿《うみ》を出す良い機会だと考えた朔は、部下たちに命令をくだした――早ければ数日中に決着がつくだろう。

「まあ、今回の件で良くも悪くも彼に従っていた一派は身動きが取れなくなりましたからね。叔父上にとってみたらいい迷惑でしかないんでしょうけど」

「おやおや、まだ俺が社長の座を欲していると考えているのかい? 暁と違ってそこまでバカじゃないと思ったんだけどな」

暁のことを口に出されて朔は黙り込む。

今回の件を知ったらなんと言うだろう。淑乃を泣かせたと怒られそうな気がする。それでも兄のことを心配してくれるだろうか。

「……暁を独立させるつもりですか？」

「そうだな……朔と香宮の嬢ちゃんが無事に結婚したら考える」

「婚姻届の証人なら間に合ってます」

「ケッ。ふたりを出逢わせたのは誰だと思ってんだ」

朔の毅然《きぜん》とした応えに、陽二郎が苦笑する。

「ところでついさっき知ったんですけど。よしのに木瀬のことを話したのはなぜですか」

「へえ、ずっと黙ってたのか。さすがだな……」

「叔父上」

「単純に俺が嬢ちゃんと話をしたかったから、って言ったらどうする？」

「――冗談じゃない」

憤る朔の姿を嬉しそうに見つめてから、陽二郎は真面目な表情に戻る。彼の手には朔が本家から発掘した書類が握られていた。

「朔を逆恨みしている男の存在を、香宮を潰した男の存在を……そしてお前の過去を、彼女に知ってもらいたかった。知ったうえで、彼女がどんな選択をするのか。俺はそれを見届けたいんだよ」

木瀬のことを知らせたということは、朔が婚約破棄にいたった経緯についても、その後に何が起きたかについても淑乃は知ったということになる。結婚が失敗した直後、朔は父親の手を借りて篠塚工務店を奪った。大本が沓庭の大地主ということもあって、香宮の一族のように完全に没落することはなかったが、いま考えればあれは祖父が行った断罪行為を踏襲したようなものだ。淑乃には知られたくなかったけれど……。

「契約違反したのは向こうだ」

「……まぁ、親父のようなヘマをしていない分、お前はマトモだ。理絵ちゃんに『海堂サマサマよ』と言われた俺の気持ちがわかるか？」

「わかんねーよ。つーか理絵ちゃんって誰だよ」

「俺の数少ない幼馴染《おさなじ》み。旧姓篠塚理絵。本家の前妻の娘さ」

「……はあ」

「旧家もいろいろ大変みたいだぞ。金はないのに矜持《プライド》が高い」

淑乃の母親もそうだったのだろう。家を潰され、祖母を頼りに幼い娘と東京からこの地へ居を移し、令嬢としての生活を捨て、娼婦《しょうふ》のような存在に成り下がった彼女はいつしか心を壊し、自分の娘すら毒牙に……。

朔の表情が暗くなったのを見て、陽二郎が慌ててフォローする。

「篠塚の人間はあの件でお前に従順になったと考えていい。残った木瀬派も自滅して風前の灯火だ。香宮の嬢ちゃんとの結婚をあからさまに反対する人間はいなくなった……それでも不安か?」

陽二郎の労るような声に、朔は不安とは違うけれど、と弱々しく笑う。

「俺は、よしののことが心配なんだよ。彼女は……」

そして陽二郎に預けた書類に記された名前を確認する。香宮淑乃の父親は死んだ兄弟の名を騙《かた》ってふたりの女性の夫となった。本来、香宮の令嬢の婿になるはずの男が、すべての元凶だったのだ。

「血のつながりはなくても、木瀬は彼女の大伯父にあたるんだから」

＊　＊　＊

愛する人を傷つけたのは、自分の父親の兄が駆け落ちした娘の父親だった。

淑乃にとってみればそれはたいしたことない真相なのだが、朔や彼の父親からするとそういうわけにもいかなかったらしい。

「それって他人ですよね?」

病院をあとにした淑乃はばっさり斬って、隣を歩く陽二郎に詰め寄る。

陽二郎は何を考えているかよくわからない人間だったが、朔の父親である彼の兄、明夫もまた、淑乃が想像していた人物像とは異なっていた。K&D二代目社長は淑乃と朔の結婚を認める代わりに一風変わった条件を出したのである。

「……他人だよな」

「よかった、わかってくれた」

「けど、兄貴や朔はそうは思ってないってことだ」

「たぶん、サクくんはあたしとの結婚を反対するひとたちすべてを黙らせたいから、あたしに無茶ぶりしたんですね」

「まぁ、そういうことにしといてやれ……」

　朔が眠っている間に院長のもとへ連れ出した明夫は、結婚の条件として木瀬の心理療法の担当に入るよう淑乃に伝えた。愛する人を傷つけた男を癒すことができるか、という大義名分らしいが、淑乃からすれば患者を治すのは当たり前のことである。「それでサクくんとの結婚を認めてくださるのなら、やります」と即答していた。

「たぶん、サクくんのお父さまは木瀬を許せるか、みたいな話をしたかったんだと思うんです。それとこれとは話が違います。あたしはサクくんを傷つけた木瀬のことは許せない。けれど、木瀬もあたしの死んだ父親のクズな兄弟の犠牲者なんだなって思うと……そりゃあ逆恨みでも香宮の家を潰したくなっただろうなぁ、って」

「父親のことをクズと呼ぶなクズと」

「だけど、だからといって木瀬にこのまま死なれてもやっぱり後味悪いじゃないですか。正気を取り戻させて、罪の意識じゃないけど、自分がしたことを認識させるくらいしないと……ちょうどここに精神領域と終末医療に詳しいカウンセラーがいますし。サクくんのお父さまは木瀬が香宮やあたしの父親の生家を憎んでいた根本を暴露したいんでしょうね。院長を通じて仕事として受け持ちましたのであたし、心理療法の観点から挑みたいと思います。だというのにその姿をまわりの人間に見せつけることで、次期社長となるサクくんの隣にいても遜色ない相手として訴求する効果もあらわれるんですって！　ほんと腹立たしいですね！」

たしかに朔は木瀬に怪我を負わされた。淑乃は凶行に走った木瀬を許せないが、だからといって彼の病気を無視することもできないのだ。きっと朔の父親は罪を犯した木瀬のことも放ってはおけないし、朔を魅了しつづける淑乃のことも放ってはおけないのだろう。

朔と結婚するなら大伯父にもあたる木瀬をどうにかしろと、そうすることで香宮との因縁に幕を下ろすと院長を交えて舌先三寸で淑乃を丸め込んだ手腕にはぐうの音も出ない。

思わず饒舌《じょうぜつ》になって陽二郎に愚痴ってしまったが、彼は笑いを必死になって堪えているようだ。失礼な。

「海堂の人間はそんなのばっかだぜ。でも、嬢ちゃんならそんな狸《たぬき》たちと対等に渡り合えるんじゃないか」

「どうでしょうね。サクくんもアカツキくんも、ふたりのお父さまも亡きおじいさまも、そして陽二郎さん貴方もです……腹黒い狸ばっかりでイヤになっちゃう！　トーヤもいつか狸になっちゃうのかなあ」

「腹黒い狸の巣窟へようこそ」

「自分で言いますか。あーやだやだ」

そう言いながら楽しそうに笑う淑乃の姿が、彼女の母親に重なる。

陽二郎が愛した最初で最後の女性に。きっと彼女はこんな風に笑わないだろうけど。それでも、面影が……。

「……やっぱり娘、なんだな」

「――なにか?」

「いーや。なんでもないさ」

海堂を憎んでいた彼女の娘は、K&Dの御曹司である朔に見初められ、子を宿した。

自分が香宮の最後のひとりであることから、彼から離れることを選んだ淑乃は、隠れて出産したが、それを朔の弟の暁に知られてしまう。

横恋慕した弟の邪魔が入ったこともあって、朔は初恋を拗《こじ》らせたまま別の女性と結婚しようとしていた。会社の利益にはなるが、それは誰も幸せになれない結婚だった。だから陽二郎は結婚式を壊した。香宮の娘を想い続ける気持ちを押し殺していた朔を覚醒させるため。

結婚が失敗したことで憑《つ》き物が落ちた朔は淑乃と再会し、今度こそ彼女と添い遂げて、幸せになろうとしている。心配の種だった木瀬のことも、淑乃が良い方向へ変えていくことだろう。

――ならば俺は、彼女と彼女を誰よりも大切にする甥と、ふたりの息子を守っていく騎士になって、支えてやろう。

きっと彼女はこの先も。夜を彩る極光のように、月《朔》や太陽《暁》を翻弄し続けるだろうから。

＊＊＊

それから一か月が経過した六月中旬の土曜日。

沓庭にも梅雨入りの便りが届いたが、今日は引っ越し日和の曇り空だった。

「荷物、これで全部だよな」

「ん」

一週間ほどで退院した朔は、淑乃と灯夜と一緒に暮らすための家を探し、大学からほど近い場所にある家を購入していた。

学園都市の後期土地開発によって建てられたというその家は、もともと農地だった立地の関係上、ほかの家よりも広くて縦に細長い形になっている。カースペースが一台しか取れなかったというが、淑乃は免許を持っていないので特に不満もない。むしろ三人で暮らすには充分な広さがある。

三角屋根と淡いオレンジ色の外壁が可愛らしくて、なんだかお城のようだった。

玄関前の表札には『KAIDO』の文字。これからここで暮らしていくのだと心を新たに、淑乃は荷物を運び入れていく。

「あれ？　トーヤは？」

「篠塚先生のところにお菓子食べに行ったわ。物心ついたころからなんだかんだでお世話になっていたからね」

「パパって呼ばせていたくらいだものな」

「仕方ないじゃない。あたしひとりじゃアカツキくんを牽制《けんせい》しきれなかったんだから」

「暁に……結婚のこと、伝えてもいいか？」

「むしろとっとと連絡しなさいよ。結婚式には呼ばないといけないだろうし。なんだかんだでサクくんのたったひとりの弟なんだから」

「……だな」

段ボールを家の中に入れた朔と淑乃は、以前淑乃が暮らしていたマンションで朔が購入したリビングソファに腰かけて休憩することにした。灯夜が篠塚のところにいると知った朔は、ここぞとばかりに淑乃の肩に自分の頭をのせて、甘えるように言葉を紡ぐ。

「ようやくここまで来れたな……」

「サクくん」

「よしのとトーヤと、三人の生活がはじまるんだ」

月末に婚姻届けを提出して入籍手続きを済ませたら、淑乃と灯夜の苗字は海堂に変わる。

七月に親族だけでシンプルな結婚式を行い、年末に友人・知人、会社関係者を招いて披露宴を行うことで話はついていた。披露宴の招待客の多くは朔の会社関係者になるだろうが、淑乃の職場の同僚や学生時代のサークル仲間なども招待するつもりだ。

お披露目が済んだら、灯夜の休みに合わせて新婚旅行にも行きたい。淑乃はそこまでしなくてもと呆れていたが、朔は今まで傍にいられなかった妻と息子のためにたくさんの思い出をつくっていこうと決意していた。

感慨深そうに呟く朔の黒髪を撫でながら、淑乃も微笑む。

「ん……三人じゃなくなるかもし」

「それって⁉　──おい、身体は大丈夫なのか？　いつ気づいたんだ？　俺が入院している間か？　結婚式できるのか？　仕事はどうするんだ？　それよりさっき重たい荷物運んでただろ？　なんで先に言わないんだよ！」

「──あのねえ、サクくん。話はちゃんと最後までききなさい！」

まったくもう、と苦笑しながら淑乃は恥ずかしそうに言葉を選ぶ。

この先、三人じゃなくなるかもしれないよね、と言いたかったのだ、と。

「あたしはこの先、この新しいおうちで、家族が増えたらいいな、って思ったの」

灯夜に弟か妹をつくってあげたい。

三人家族でいるのもいいけど、叶うことなら賑《にぎ》やかな家庭をつくりたいと、淑乃は朔の漆黒の瞳を射るように見つめ訴える。

朔が入院しているあいだ、淑乃は彼の父親とその妹弟とたくさんお喋《しゃべ》りをした。明夫と光子と陽二郎、個性の強い三人のそれぞれの生き方や、幼い頃の朔と暁の兄弟のエピソードを聞いているうちに、大勢の家族への憧れが強まっていったのだ、と。

ぽつり、ぽつりと慈雨のように願い事を口にする淑乃に、朔は目を丸くする。

「……トーヤに、弟か妹を？」

「出産のときに二人目は難しいかもって言われたんだけど……」

「よしの」

「サクくんとの子ども、もっとほし――」

淑乃が希《こいねが》ったその言葉は、最後まで口にできなかった。

朔の唇の中に、吸い込まれてしまったから。

＊＊＊

「あっ、ひぃあん……ぅ」

「うれしい。よしのが俺と同じ気持ちだったなんて」

「だ、だからってサクくんっ、引っ越してきて早々ソファに押し倒さないで……あぁんっ」

溺れるような口づけを経て、ソファに沈み込んだ淑乃は朔の手で淫らな姿に変えられてしまう。

着ていた服を脱がされ、下着ごと床に投げ捨てられて一糸まとわぬ姿にされた淑乃は、朔からの愛撫に堪えきれず、あられもない声を新居のリビングで上げていた。

「よしのが煽《あお》るからいけないんだよ。子どもがほしいだなんて言われたらすぐにでもつくってあげたくなる」

「んあっ」

「よしのだって、こんなに濡《ぬ》れてる。いやらしい音立てて、俺が欲しいって求めてるじゃないか」

「ゃあ……！　恥ずかしい、よぉ」

朔の手は淑乃の秘芽を捏《こ》ねている。胸元で真っ赤に熟れた左右の乳首をちうちう吸いながら刺激を与えられて、淑乃は腰をひくひく揺する。

ぷっくり膨らんだ敏感な場所に蜜をまぶされ、絶頂へ導かれる。

「入院中ずっとよしのを抱きたいって思ってたんだ。今までできなかったぶん、たっぷり愛してあげるからね」

「あぁ、はぁ……サクくっ……ぁあん！」

「ふふ。気持ちよさそうなよしのの顔、かわいいよ。たくさん俺に溺れて、もっと欲しがって」

「やあ、イっちゃう、イっちゃうからっ……」

「俺の手と口だけでイっちゃうの？　いいよ。たくさんイって」

淑乃の蜜口のなかでは彼の三本の指が入り込んでピアノを奏でるように膣内をかき回していた。

蜜洞を行き来する指に襞《ひだ》をくすぐられ、最奥から分泌された蜜がたっぷりと溢《あふ》れてソファにシミをつくっていく。

すでに周囲を気にする余裕を失った淑乃は朔の手で何度も達しては啼き声を上げていた。

胸を揉まれながら乳首を吸われ、口内でころころ転がされたかと思えば甘嚙みされる。そうかと思えば指で下腿《かたい》を撫でられながら秘芽を舐めしゃぶられ、意地悪なもう片方の手で乳首を抓《つね》られる。膣内に入っていた指はとろりとした蜜をまとっており、その手でふたたび肌を撫でられた淑乃は自分の淫蕩《いんとう》さを思い知らされ羞恥で顔が熱くなる。

快楽を追求するような彼の愛撫で何度も達した身体は限界に近づいている。執拗に前戯を施されて、淑乃の頭の中は彼と繫がることでいっぱいになってしまう。早く、早く繫がりたい。指だけじゃ物足りない、もっと太くて硬い彼の熱楔でかき混ぜられて、ひとつにとけあいたい。

服越しに彼の背中を撫でて、淑乃は求める。

「ちょうだい……サク、くん……あぁあぁんっ！」

刹那。

ズボンの前を寛げた彼が淑乃を串刺しにする。

雷に打たれたかのような悦楽を前に、淑乃が膣内をぎゅっと収斂《しゅうれん》させる。ようやく彼とひとつになれた。その喜びを思い知るように、腰が跳ねる。弾む。

「こらっ、しめつけるなって……よしの。もっともっと気持ちよくなって」

「ぁふ、ああん……サク、くぅん」

「動くよ」

「ん……ひぁあ、ぁ～～っ！」

「またイったね。こんないやらしい雌の顔、トーヤには見せられないなぁ」

「！　ぅそ、トーヤ帰ってきたの⁉」

「大丈夫、来てないよ……だからもっと、乱れて」

「──ヤダっ、恥ずかし……あぁん、ぅ、あ、あんっ、ん～～っ……！」

朔に意地悪されながら何度も子宮口まで貫かれ、深い絶頂を味わわされた淑乃は、意識を飛ばす寸前まで彼に貪られ、たっぷり白濁を流し込まれたのだった。

＊＊＊

「おはようございます、調子はいかがですか？」

「……悪くない」

女性は週に数回、精神科医の診察の後に木瀬のもとへやってくる。お喋りな彼女をはじめのうちは煩わしく感じていたが、今ではその喧《やかま》しさが心地よい。自分の娘が駆け落ちせずにいたら、こんな風に育っていたかもしれない。けれど娘はあの忌まわしい不吉な夜の息子とともに忽然《こつぜん》と姿を消してしまった。

……それだけではない、あの家の兄弟の弟の方は海堂一の娘光子と結婚していたにもかかわらず香宮の家とも繋がっており、重婚まがいの罪を犯していた。兄が木瀬の娘と駆け落ちしたことで、弟が兄に成り代わって香宮の令嬢と関係を持ちながら、海堂の娘とも結婚生活を送っていたのだ。その弟は自分が死ぬまで隠しきった。あげく、彼は香宮の家に婿入りしながら海堂の家に入り浸って金を着服していたのだ。その金は香宮の家に流れていた。木瀬と一が激昂《げきこう》したのは言うまでもないことで、結果あの家は香宮の家と一緒に潰された。潰された香宮の家には金遣いの荒い箱入り娘とあの男の間に生まれた女の赤ん坊がいたが、あれからどうなったのか木瀬は知らない。

記憶は確実に風化しつつあるが、それでも憎しみだけは昇華しきれない。

カウンセラーは木瀬の言いたいことを理解しているのか、そもそも聞いていないのか、過去について話していると遠い目をする。不思議な女性だった。

「許す必要はありませんよ。誰にだって、許せないことがあるんですから」

まるで自分に向けられたような「許せない」という言葉に、木瀬は震撼《しんかん》する。

木瀬は自分が罪を犯したことを未だ、認識していない。それでも彼女の言葉は、真っ暗な夜に迷い込んだ自分を導くひとすじの灯火のように、枯れかけた感情を取り戻させる。

娘を喪った憎しみだけではない。会社で身を粉にして働いて結果を出して満足していた若い頃のこと、会社創業者の子どもやその孫である太陽たちが誇らしいこと……その中でたったひとり、夜の名前を持つ異端児がいたことを思い出し……。

「ワシは……なんということをっ！」

ついに木瀬は、朔を傷つけた愚かな自分と向き合うことになったのだ。

＊＊＊

白衣を脱いだ淑乃ははぁ、とため息をつきながら入院棟をあとにする。

木瀬のカウンセリングは淡々と進められていた。精神疾患の諸症状は現時点では落ち着いており、退院させても問題ないと主治医は言っているが、あの家に帰すには不安が残る。朔に反発する一派は解体されたが、木瀬を唆す人物が再び現れる可能性はゼロではないからだ。

とはいえ退院後は近郊の介護施設で過ごさせればいいと陽二郎も言っていたから、遠くないうちに朔たちが手配することだろう。淑乃の仕事もこれで一段落だ。

木瀬に退院の許可が出たので、淑乃もまた病院から診療所だけの勤務へ戻る予定になっている。

そういえば、退院時に朔は木瀬に逢うつもりだと言っていた。自分が愛する女性を紹介して、彼女と結婚することを報告するのだと。

――自分のカウンセリングをしていた女性が、サクくんの結婚相手だって知ったら、どんな顔するんだろう。心臓止まらなければいいけど。

朔に傷を負わせた罪を認めた木瀬の姿を見ても、淑乃の心は穏やかだった。

犯した罪が消えることはない。傷つけられた事実が変わることもない。

それでも、彼が罪を自覚したことは大きいと、淑乃は思うのだ。

＊　＊　＊

淑乃があのK＆Dの御曹司と入籍したというニュースは地元で一時的に騒がれたものの、三日もしないうちに下火になった。

診療所で香宮先生、と呼ばれていた白衣のカウンセラーは変わらず香宮を名乗っているが、たまに海堂先生と呼ばれることがある。

「海堂先生、ご結婚おめでとうございます」

「イモリちゃんに言われると鳥肌立つわね。結婚式はこれからなのに」

「いいじゃないですか。ようやく公にすることができたんですから」

今まで灯夜をひとりで育ててきた淑乃のことを知っている井森は感慨深そうに「結婚ですよ結婚！」と受付のテーブルに両肘ついてうんうんと頷いている。井森の嬉々とした様子を見ていた患者さんたちまでもが「おめでとうございます」と淑乃に言い出す始末。篠塚先生と結婚するんじゃないかと思ってたという声も一部では上がっていたが、淑乃の結婚は喜ばしいこととして受け入れられている。

「この状態で結婚に反対できる人間なんていないと思いますよ、なんせお相手が天下の海堂一族ですから。でももとはといえばあのヘタレ御曹司がよしのちゃんを……」

もし朔が淑乃を逃がさずに追いかけていたら、事態はもっと早く収まったのではないかと井森は根に持っている。

そもそも妊娠した淑乃が彼に迷惑をかけたくないから姿を消したのだが、どういうわけかそこは追及されていない。

「イモリちゃん。もういいから！　あたししあわせだから！　ねっ！」

「——よかったよお……」

感極まる同僚の肩を抱きながら、淑乃もまた、泣きそうな顔でうん、と頷く。

そんなやりとりを診療後まで続けていたから、迎えに来た朔と灯夜に誤解されてしまう。

「こら、よしのを泣かせてるのは誰だ？」

「……あ、サクくんとトーヤ」

「あらあら、家族三人仲良しね！」

ふふ、と涙を拭って井森が淑乃を送り出す。

診療所をあとにした淑乃は朔と灯夜と共に、大学敷地内の桜並木の下を歩いていく。

朔と淑乃の職場から新しい家まで歩いて十分もかからないが、彼は遠回りして学童の灯夜を迎えに行ってから淑乃のところへ来る。理絵は本当に朔が灯夜の父親だったのかとたいそう驚いていたらしい。淑乃の仕事が遅い時は朔が灯夜の迎えに行くようになっていた。

「そういえばパパがね、今夜おうちに国際電話がかかってくるよ、って」

「国際電話？」

「ん。暁おにいちゃんが、結婚したパパとママに見せたいものがあるんだって」

「――アカツキくんが？」

＊＊＊

デスクトップパソコンの大画面にぱーん、と暁の顔が映る。

「ようやく入籍したんだって？　遅いよ」

「うるさい。お前が消えてからもいろいろあったんだよ」

「知ってるよぉ、陽二郎叔父さんが教えてくれたから。よしのさんを泣かせたらただじゃおかないからね」

「泣かせた張本人に言われたくねぇよ」

「こらこら子どもの前で兄弟喧嘩《げんか》しないの！　と、ところでアカツキくん、あたしたちに見せたいものって何？」

朔と暁がぽんぽん言い合う様子を目を丸くして見ていた灯夜は、え、これ喧嘩だったの？　と淑乃の方へ視線を向けている。その姿が面白かったのか、暁がくすくす笑って画面の向こうで手を叩く。

「ごめんごめん、これからカメラを切り替えるから、ちょっとそれ見てくれる？」

「え？　ちょ、ちょっとアカツキくん？」

「朔兄、まずはよしのさんとトーヤに見せてあげて」

「ああ。まさかお前が協力してくれるとは思わなかったな」

「ひどいなあ。朔兄のお願いを俺が拒んだことなんてあったっけ？」

「よしのとトーヤの存在を隠していた人間が何言ってんだ……こらっ！」

　朔が文句を言っているのを無視して暁は「結婚式には呼んでね！」と笑って手を振りながらWebカメラを切り替えてしまった。プツッ、という音とともに薄暗い浜辺の風景が画面いっぱいに拡がる。

「え……なにこれ」

「向こうのカメラ映像だよ。オーストラリア最南端に位置するブルーニー島。今は冬なんだ。トーヤ、よく見てごらん。星がたくさん見えるだろ」

「これぜんぶ星？　すごいね。だけどこっちはなんだろう？　いろんな色が空で泳いでいるみたい」

　灯夜が指摘するように、仄暗《ほのぐら》い浜辺の夜空は不思議な色をしていた。夜の色に溶け込むような森林を思わせる緑に、燃えるような赤、深海を彷彿させる青に、どこか神秘的な紫……星とは別に煌《きら》めく光のゆらぎをカメラ越しに見た淑乃は、朔の嬉しそうな顔を見て得心する。

「これって、オーロラよね？」

「おーろら？」

「正解。いまの季節、南極はオーロラが見頃を迎えているんだ。オーストラリアでも場所によっては観測することができるから、暁に条件が良さそうな日にカメラをまわしてもらうよう頼んでおいたんだ……よしのと、トーヤに見せたくて」

南極圏のオーロラは北極圏のものと異なり、光の関係で緑や青みがかった色のものが多いのだという。太陽風のプラズマが速度を強めた状態で磁力線に沿って降下することで他の原子と反応して発光するのだというオーロラの仕組みを朔に説明されたが、淑乃も灯夜も彼の言葉は耳に入っていない。

「――きれい」

夜空を彩る、吸い込まれるような極光が自然現象だということに驚かされる。

そういえば、朔が描いた極夜の絵のなかにもオーロラは描き込まれていた。

月の裏側を思わせる真っ暗な太陽の昇らない世界で輝いていた、星空に煌めくひとすじの光。彼にとってオーロラは希望の象徴で、淑乃もまた、その絵に救われたのだ。

幻想的な映像に見入る灯夜を微笑ましく思いながら、朔は淑乃を自分のもとへ抱き寄せる。

「いつか、ほんものを見に行こうな……極夜のなかで、オーロラを」

そしてふたりは息子に隠れて、キスをする。

Epilogue

朔が婚約者に逃げられてから一年が経とうとする七月の晴れた日に、淑乃は彼と、親族だけのささやかな挙式を行った。今日の淑乃は松竹梅のおめでたい刺繡《ししゅう》がほどこされた華やかな黒引き振袖を着ている。

結い上げた髪には燃えるような真紅のダリアと手鞠《てまり》のような丸みを帯びたスプレーマムの生花が飾られ、銀糸で織りあげられた上品な黄金色が際立つ立て矢結びの帯とともに特別な日を演出していた。黒には「ほかの誰にも染まらない」という意味があるからと、淑乃は朔の前でこの着物を着ることにしたのだ。

ちなみにふたりで選んだウェディングサロンでオーダーしているドレスは、会社主催の披露宴で日の目を見ることになっている。

「……きれいだよ、よしの」

「サクくんも、袴《はかま》姿、似合ってる」

大学からもよく見える山のうえにある神社が、挙式の舞台だった。学生時代の朔と淑乃が初詣で訪れていた思い出の場所だ。

夏の緑が眩《まばゆ》いさわやかな朝、控室から神殿に向け、ゆっくりと番傘をさした花嫁行列が進んでいく。しずしずと裾を引きずりながら歩く花嫁の隣で、黒紋付き袴を着こなした朔は堂々としていた。

「——てっきり挙式もホテルでするのかと思った」

「前は、向こうの意向で交通の便がいいところを指定されたからな。それに、花嫁に逃げられた式場でもう一度別の相手と結婚式をするなんてイヤだろ」

「あたしは気にしないよ」

「俺が気にするの……」

番傘の中で内緒話をしながら、和装姿の朔と淑乃は神殿までの道を歩いていく。その仲睦まじい姿は参列者だけでなく、神社の参拝客にもしっかり目撃されていた。何度も「おめでとうございます」「花嫁さんきれいですね」と声をかけられて、淑乃はこそばゆい気持ちになる。

そういえば、神社挙式でいう結婚とは、新郎新婦だけでなく家族と家族の新たな結びつきも意味するのだと、朔が教えてくれた。

——入籍はしたけど、こうやって神様の前で誓いを立てるのって、緊張する。

淑乃は海堂との因縁を知る香宮側の最後のひとりとして、式に臨む。

およそ三十年前、ひとりの男によって憎しみを植えつけられ香宮を断罪した海堂側の人間はほとんどが鬼籍に入っている。いまさら過去を蒸し返して憎しみ合うなど馬鹿げている。自分たちはこんなにも愛し合っているのだ、過去のしがらみに囚われるのはやめて、新たな日々に想いを馳《は》せよう——朔は、列席者を前にきっぱりと言い切った。

次期社長の威厳を併せ持つ彼の言葉に反対する人間など、いるわけがない。

厳粛な雰囲気の中、神殿に入ると、流れるように儀式が進んでいく。参進の儀から祝詞に三々九度、指輪交換に玉串奉奠《たまぐしほうてん》……そしてふたりは神様の前で夫婦となった。

儀式自体は三十分もかからなかったはずだが、淑乃の体感ではそれよりも長く感じられた。特に、朔が誓詞奏上《せいしそうじょう》の際に自分を熱く見つめながら言葉を紡いだときは、そこだけ時間が止まってしまったかのような錯覚に陥ったほど……。

「お疲れさま」

挙式を終えた後、そのまま神社からほど近い貸し切りの料亭で昼餐《ちゅうさん》をすることになったふたりは、周りに見守られながらホッとした表情で席につく。

礼服を着て本日の主役を待つ暁と灯夜の姿は兄弟のようだった。

「ママもパパもかっこよかった！」

「……そ、そう？」

「よしのさんの着物姿新鮮だね。朔兄も実際に見て驚いたでしょ」

「ああ、俺の花嫁は何を着ても似合うよ」

「サクくんっ！」

朔の息子が暁になついているのを見て、彼の父親をはじめ、光子や陽二郎は驚いていた

が、七歳の灯夜が暁を兄のように慕う姿は微笑ましく、彼を交えて朔と暁の兄弟の仲が穏やかなものになっていることを歓迎していた。

　終始和やかな雰囲気の中、食事と集合写真撮影を経て、夕方には現地解散となり、控室で着替える淑乃と朔を残して親族たちは一足先に車で山を下りていった。

「なんだかあっという間だったね」

「そうだな」

　今夜灯夜はおじいちゃん家こと海堂本家にお泊りすることになっている。灯夜には朔が怪我した経緯を詳しく伝えていないため、海堂本家が事件現場だったことを知らない。とはいえすでに終わったことだ。それに、暁や結婚式まで何度も様子を見に来てくれた陽二郎も一緒だと楽しそうに口にしていたので、心配することはないだろう。なにより西岡に自分の息子を見てもらえるのが嬉《うれ》しいと、朔ははにかんだ表情をしていた。

　淑乃は朔に手を引かれながら、神殿の控室に戻る。お手伝いさんの手を借りて振袖を脱ぐ手はずになっていたが、控室には誰もいなかった。

「……あれ」

　しん、と静まり返った控室で途方に暮れる淑乃の背後から、愛しい人の声がかかる。

「よしの、どうかしたか？」

「お手伝いさんが」

「帰ってもらったよ」

振り返ると、悪戯を思いついた子どものように、朔が淑乃の唇を奪う。突然キスされて、淑乃は目を見開き、頭を揺らす。

その瞬間、髪に飾られていた花々が、ふぁさ、と零れて畳の上にはらりはらりと落ちていく。

「……よしの花嫁衣裳《いしょう》を脱がせるのは、俺だけだから」

＊　＊　＊

朔によって仕組まれていたことに気づくことがないまま、淑乃は式場の控室で神聖な花嫁衣裳を脱がされ、真っ白な肌を晒《さら》される。

美しい着物はしわにならないよう衣文掛けにかけられたが、それ以外の帯や小物は畳のうえに散らばったままだ。

おまけに淑乃は着物についていた腰紐《ひも》を手首に巻かれ、背中に固定されて動きを封じられてしまう。すでに肌を隠していた襦袢《じゅばん》も剝ぎとられ、和装用ブラと下履きだけの無防備な状態のまま愛撫《あいぶ》をされて、彼女は困惑しながらも朔に溺れていく。

「あぁん、だめ、だよっ――サク、くん」

「だめなものか。この建物にいるのは俺とよしののふたりきりだよ。神様の前で晴れて夫婦になったんだ、俺がどれだけよしのを愛しているか、わからせてやらないと」

そう言いながら麻布越しに乳首を擦りたて、淑乃の官能に炎をつけていく朔は、抵抗できない淑乃を焦らすように、丁寧に下着の紐に手をかける。

「きゃっ……」

「いくらここに人がいないとはいえ、あんまり大きな声を出すと参拝客に聞こえちゃうかもな。我慢、できる?」

「ここまでしておいてひどいよサクく……ンっ」

「よしの。花嫁姿の貴女があまりにもうつくしくてホテルまで待てなかったんだ。初夜はこれからだけど、その前に味見させて……」

「――んっ……あぁっ!」

深いキスを与えられながら畳の上に押し倒され、はだかにされた淑乃は、彼の手で淫らに花ひらく。

硬くなった乳首に彼の舌が絡まるだけで、下腹部がきゅうと疼《うず》く。繊細な指先で秘処を暴かれ、敏感な部分を摘まれて、淑乃の脳裏が真っ白に染まる。誰の手にも染まらない、染められないはずの至高の花は、すでに朔の手の中でしか生きていけないよう調教されていた。

袴姿の朔は涼しい顔をして、淑乃に触れていく。乳首を舐《な》めまわした口で蜜口を蹂躙《じゅうりん》し、零れる蜜を舌で受け止め嚥下《えんげ》するさまは色っぽく、淑乃をさらなる快感へと導いていた。

そのまま両手で乳房を捏《こ》ねられながら、秘芽をしゃぶられて、淑乃の脳髄はどろどろに蕩けていく錯覚に陥っていく。ここが神聖な場所で、下手をすると知らない人に淫らな行為に及んでいるのがバレてしまうことなど、すでに頭の中から霧散していた。このまま高みへ連れていかれそう、彼のことしか考えられないくらい、気持ちいい……。

自分の手と口で喘《あえ》がされ、絶頂に啜《すす》り啼《な》く花嫁を堪能して、朔はようやく満足したのか、拘束を解いて淑乃を抱きしめる。両手が使えるようになった淑乃は、彼の首に腕をまわして、拗《す》ねた声で罵倒する。

「……ばかっ」

「ごめんね。よしのが可愛いからいけないんだよ。続きはベッドの上でたっぷりしてあげるから」

「あ、あたしも、サクくんのこといっぱいいじめるんだから！」

「ふっ……それは楽しみだ」

淑乃に啄《ついば》むようなキスをしながら、朔は淑乃の着替えを手伝っていく。結い上げられた髪をポニーテールにして、着物から洋服へ戻った淑乃はふぅ、と息をつきながら同じように朔の袴を脱がせていく。男性用着物は脱ぎ着が楽でいいなあと笑いながら。こうやって着替えを手伝っていると、夫婦みたいだよね、と視線を交わしながら。夫婦みたいじゃなくて夫婦になったんだよ、とスーツに着替え終えた朔は苦笑しながらワンピース姿の淑乃の前に手を差し出す。

「お互い用意もできたし、場所を変えるよ。なんてったって今日は結婚初夜なんだ」

「……サクくん張り切りすぎだよ」

「ふたりきりで夜を過ごすの、再会した日以来なんだぞ……今度こそ一緒に朝まで、な?」

手を繋《つな》いで外に出ると、赤々と燃える夕陽が地平線へ沈もうとしていた。ずいぶん長い間、神殿内の控室を貸し切り状態にしていたらしい。

真っ赤な生花の髪飾りが朔の鞄のポケットから顔を出しているのを見て、淑乃は笑う。

赤いスプレーマムの花言葉は……。

「——愛してる」

そう、花言葉は「あなた《I》を愛して《love》います《you》」。

いちどは朔の前から逃げ出した淑乃が、花嫁になって彼のもとへ帰ってきたのだ。朔は今度こそ、淑乃を逃さない。

そして淑乃も。泡沫のように消えることはしないと、この先何があっても傍にいると誓ったのだ。

なにものにも染まりはしない、極夜の中のひとすじのひかりが見えない月に彩りを添えていたように。

朔は淑乃を、淑乃は朔を、今も昔も一途に想い続けている。

「サクくん?」

「よしの、いままで口にできなくてごめん。ずっとずっと愛してる。仕組まれて出逢《であ》った大学一年の春からずっと……貴女がたったひとりトーヤを産み育てながら白衣を着て戦っていたときも、再会が叶《かな》って傍にいることが許されてからも、俺……」

「知ってるよ——だけどサクくん」

唐突な告白に高鳴る心臓を抑えながら、淑乃は朔にキスをしていた。

星屑《ほしくず》のように煌《きら》めく愛の言葉を降らせはじめた花婿に——

「続きは初夜のベッドの上できかせてほしいな。いいでしょ？　あたしの、旦那様」

燠火《おきび》のように熱を保つこの欲情が爆ぜるまで、あと、ちょっと。

とろけるほどの甘い初夜が、待っている。

番外編　秋に咲く桜と乗算されたしあわせ

淑乃にとって海堂朔は母親が復讐《ふくしゅう》したいと憎んでいた一族の末裔《まつえい》のはずだった。

それが覆されたのは、彼の叔父である陽二郎が接触してみろとお節介を焼いたからだ。

あのとき彼の言葉をまともに受け取らず海堂の御曹司が大学に入ってきたことを遠目から眺めているだけの道を選んでいたら、家族がいなくなった淑乃はきっと何事もなかったかのように大学院を卒業後、さらなる飛躍のため心理学の本場である海外へとひとり留学していただろう。

けれどもそうはならなかった。淑乃は興味本意に海堂家の跡取りとされる朔に近づき、彼と身体を重ねたことでたったひとりの家族を手に入れたのだ。

――月のない夜を思い出させてくれる、希望の灯火。

それだけで淑乃はしあわせだった。自分の事情を知りながら想い続けてくれた朔を裏切るような形で姿を消したのは、次期社長として海堂一族を担う彼に迷惑をかけたくなかったからだ。

海外に出ることは叶《かな》わなかったけれど、カウンセラーとして仕事を持ちながら、シングルマザーとして愛する息子を育てる日々は充実していた。大学時代の教授や病院職員たちに支えられながらキャリアを積めたのは運が良かったと思う。

一方で大変なこともあった。朔の弟の暁に自分の正体と息子の存在を知られてしまった。海堂一族から離れようと思っていた淑乃は、朔の息子である灯夜を生んだことで、暁にマークされてしまったのだ。そして朔が婚約者と結婚して次期社長に就任するまではおとなしくしているよう脅され、淑乃は素直に受け止めた。自分と灯夜の存在を朔に知られるわけにはいかない。

けれど、結婚式は失敗に終わった。

花嫁に逃げられたという彼を慰めたい。その一心で暁に訴えた。一度でいい、彼に逢《あ》わせろ、と。

＊　＊　＊

「なにを笑っている？」

「……人生の岐路ってあんがい自分じゃ見つけられないうちに設定されていて、導かれるように進んでいくんだなぁって。そんな夢」

「夢で終わらないところがよしのらしいよ。俺の場合、導かれるというより転がっていくって感じだったけど」

現に愛するひとと一度は諦めた未来をふたりは手に入れた。夢を見たと言いながら互いに腕を絡ませて、気だるい朝の空気を共有している。

窓の向こうは太陽が昇る前なのか、紫がかった薄雲で覆われている。薄暗い部屋のなかで抱き合っていたふたりはほぼ同時に起床して、おはようのキスをした。

「コーヒー、飲む？」

「ミルクたっぷりでお願いします」

「知ってるよ。砂糖は」

「小さじ一杯」

「了解。愛情いっぱいな」

「……もうっ」

心地よい温もりが離れていく。ベッドから立ち上がった朔がキッチンに向かい、エスプレッソマシーンを起動させる。シューシュー、ガガガガ、コポコポ、間抜けな機械音と同時に漂いはじめる香ばしい匂いが夫婦の寝室へ届いていく。

何気ない毎日の繰り返しがこんなに愛おしいなんて、知らなかった。

「だからサクくん、周りから『まるくなった』なんて言われるんじゃない？」

「そうかもな」

淑乃と再会し、ふたたび想いを通じあわせることが叶った朔は社内でも結婚したことで性格が寛容になったと評されている。かつては仕事の場では家族のはなしひとつせず、機械のように淡々と業務をこなしていただけの彼が、自分の愛する家族を自慢し、他人を気遣うようになり、その結果円滑なコミュニケーションが育まれる土壌を作ったのだ。次期社長としての素質は以前から充分あったが、淑乃と灯夜と一緒になったことで朔の叔母である光子からは「鬼に金棒ね」と言われるまでになっている。それだけ朔にとって淑乃の存在はおおきなものだったのだろう。

一方で、淑乃もまた、朔とともに暮らすようになって、気を張ることが少なくなった。もともと楽観的な性格の淑乃だが、それでもひとりで灯夜をみるのと、朔と一緒にみるのとでは安心感が違う。

「トーヤはまだ寝てる？」

「時計見てごらん」

のそのそと寝室から出てきた淑乃はキッチンの壁掛け時計を見て、ああと納得する。ふだん六時には起床する淑乃と朔だが、今朝はそれよりも一時間ちかく早起きしてしまったようだ。十月を過ぎ、日の出の時間も遅くなっているため灯夜が起きるのはもう少し後になるだろう。

「日曜日なのに早起きしちゃったね」

「もっと寝ていたかった？」

「うーん。何も予定がなければね」

ダイニングテーブルに置かれたコーヒーをちびちびと飲みながら、パジャマ姿の淑乃は首を傾げる。たしかにベッドのなかは心地よいし、用事がなければいつまでもそこから離れたくないと思ってしまう。ただ、今日は大切な予定が入っている。家族三人で出かける予定が。

「でもそれって午後からだろ」

「うん」

「なら問題ない」

「ってちょっと……！」

くいっとコーヒーを飲み干して朔はすたすたと寝室へ戻っていく。コーヒーを飲みながらうとうとしていた淑乃をひょいと抱き上げて。

「まだ時間あるんだから、キスだけで終わらせるわけないだろ」

「え？」

朔はそう言いながら淑乃をベッドに戻して、扉を閉めた。

ダイニングテーブルのうえにはふたつのコーヒーカップが仲睦まじく並んだまま。

＊　＊　＊

朔に慣れた手つきでパジャマを脱がされ、薄暗い寝室ではだかにされた淑乃は眠気を吹き飛ばされるような口づけと愛撫《あいぶ》に晒《さら》されていた。寝起きのぼんやり霞《かすみ》がかったあたまに、やさしいキスと穏やかな一日のはじまりのコーヒー……からの朔の突然の豹変《ひょうへん》に淑乃はついていけず、されるがままになっている。

「だめ、ぇ……んっ、サク、くんっ……」

「寝起きのよしのは無防備で可愛いから、何度も可愛がりたくなるんだ」

「もぅ、トーヤが、起きちゃぅ」

「扉ふたつ隔ててるんだから心配ないよ。だけど大きな声出したらバレちゃうかも。よし、起きないようにそうっと可愛がってあげる」

「そういう問題じゃ……ひゃぅ」

ベッドの上で悶《もだ》える淑乃を押し倒した状態で、朔は無防備な胸元を撫でていく。

早朝の爛《ただ》れた行為に、いつしか淑乃も溺れていった。

戸惑う声に、甘さが混じりだす。

「朝からよしのが俺の手で淫らにイくところ、見たいな」

「……意地悪っ」

彼の唇が両胸の飾りをぱくり、と交互に啄《ついば》んでは、湿った舌先がぬるりと彼女の尖端《せんたん》を刺激していく。

窓の向こうから太陽が顔をのぞかせるにはまだ時間があるはずなのに、薄暗い部屋でも淑乃の肌が紅潮しているのがわかる。

もどかしそうに両足をばたつかせる淑乃を見て、朔が勝ち誇った笑みを浮かべる。

「濡《ぬ》れてるね」

「あぅっ」

くちゅり、という水音が寝室に響く。極力声を出さないように我慢している淑乃を嘲笑うように、朔の指は彼女の敏感な秘芽を摘まみながら蜜口から零れる愛液を馴染《なじ》ませていく。そのまま顔を埋められ、抗えない口淫に淑乃は啼《な》く。

敏感な場所を探りながら朔の舌が蜜洞をかき回していく。

場違いなぺちゃぺちゃ、という自分の愛蜜を啜《すす》る音にも犯されて、淑乃の身体は絶頂に追いやられた。

「〜〜ッ！」

「朝からイくのも気持ちいいでしょ？　このまま挿入れるからね」

「ッ、アァっ、サクく……！」

達したばかりの身体を朔の楔《くさび》が容赦なく貫いていく。挿入されただけでふたたび達してしまった淑乃は、身体を持ち上げられ、対面座位の状態で動き出した朔に抱きしめられて思わず声をあげてしまう。彼女を宥《なだ》めるように朔が素早く口づけ、舌を絡ませながら腰を突き上げていく。

「んっ、ふっ、ンンッ——」

上も下も繋《つな》がった状態でベッドを軋《きし》ませながら、ふたりは夢中になって互いを貪りあう。

いつしか敷布は床に落ち、周囲は朝陽に照らされたほこりが桜吹雪のようにちらちらと舞い散っていた。

＊　＊　＊

朔の会社が主体となって行う企業向けの結婚披露宴は十二月二十四日のクリスマスイブに、Ｋ＆Ｄグループ創立七十周年記念パーティーと同時に行われることになった。開催まで二か月を切り、準備も大詰めを迎えている。

親族間だけで行った挙式では着なかった純白のウェディングドレスに袖を通し、淑乃はうん、と満足そうに頷《うなず》く。光の加減で虹色にも煌《きら》めくビジューが胸元から足元まで螺旋《らせん》を描くように刺繍《ししゅう》されており、とても華やかに仕上がっていた。

朔のリクエストで肌の露出は極力控え、ふんわりとしたレースで足首まで隠した形だが、それがいっそう淑乃のウェディングドレス姿に神秘性を与えていた。いったい幾らかかったのだろうという疑問は外に追い出し、鏡の前で淑乃は微笑む。

「さすがオーダーメイド。サイズぴったり」

「ママ、きれい……」

息子の灯夜が試着室から出てきた母親を前に感嘆の声をあげる。淑乃のウェディングドレス姿は息子からも好評のようだ。

「――女神だ」

「もう、サクくんったら。一緒に選んだのすっかり忘れてない？」

オーダーメイドを頼む前に布地を身体に当てたり、写真から上品なドレスのデザインを決めたりしたというのに、朔は初めて目の当たりにしたかのように淑乃を誉める。そんな彼も一緒に注文していたブラックタキシードを着ており、ふたりが並ぶと白と黒のコントラストが引き立つ形になる。披露宴とはいえ朔が妻となる淑乃と息子の灯夜を紹介するのがメインなので目立ちすぎるのもどうかと思ったが、次期社長の花嫁という立場で考えるともっと派手でも問題ないと言われてしまった。オーガンジーの花を飾ったものと悩んだが、けっきょくふたりでこのオーソドックスでありながらドレープが印象的なデザインのものにしたのである。

「このお花は桜？」

「そう。桜の花の刺繍を入れてもらったの。桜の木の下で、パパはママにプロポーズしたのよ」

「……桜の木の下で、ママがパパを誘惑したのが先だけどな」

「ゆーわく？」

首を傾げる灯夜に、淑乃が「こらっ」と朔を小突く。三人のやりとりを遠目で見つめていたスタッフが「桜、といえば」と思い出したように声をあげる。

「庭園の十月桜がいま、見頃を迎えているんです。よろしければそちらでお写真撮りましょうか？」

＊　＊　＊

秋から冬に咲く桜があることは知っていたが、もっと温暖な地域で咲くものだと思っていた。十月桜と呼ばれる品種は冬桜の一種で、春と秋に花を咲かせる習性があるのだという。この季節に咲く花は春のものと比べて小ぶりだが、八重咲きの薄紅色の花は秋空の下で誇らしげに咲いていた。

「すごいね、桜の花と紅葉が一緒に見られるなんて」

「ママも初めて見たわ……」

西日が落ちる前にと庭園に連れ出された朔たちは、十月桜と赤や黄色に色づきはじめた紅葉に囲まれながら写真撮影に臨む。

前撮り写真のお願いは別の日にしていたが、気を利かせてくれたスタッフが併設の写真館のカメラマンに声をかけてくれた。

庭園内にいた買い物客も突然はじまった結婚式の前撮り写真に驚きつつも称賛の声をあげていた。

「それでは撮りますよ〜、はい、ちーず！」

かたい表情でいたのははじめのうちだけ。朔がドレス姿の淑乃の前で騎士のように跪《ひざまず》けば、灯夜も張り合うように彼女の手を取る。父と息子に両手を取られて淑乃は心の底から笑う。しあわせだと、心底思う。

「なんだかお姫様を取り合ってるみたい」

「パパ大人げないよ」

「いいじゃないか。俺が誰よりもよしのを愛してるのは事実なんだから」

「……サクくん、周りにひとがいるのに恥ずかしいよ」

「じゃあもっと恥ずかしいことしよ？」

そう言うや否や、朔にひょいとお姫様抱っこされた淑乃は、十月桜の花の下でちゅっ、とキスされてしまう。息子の「きゃっ」という可愛らしい声が秋風に溶けていく。カシャリ。カメラのシャッター音が響くなか、朔の腕のなかで顔を真っ赤にしながら淑乃は目を見開く。

「――桜が見てる」

恋のはじまりから今日に至るまで自分達を見守っている春の花が、いまの季節にも花を見せてくれている。まるで祝福のように。

はらりと落ちてくる西陽に照らされた十月桜の花が、ヴェールをつけた淑乃の髪を飾る。息子が「ママきれい！」とうっとりした声をあげている。どこか非日常的な光景でありながら、この先も続いていく、家族の情景。

「しあわせが乗算してるな」

「乗算って……だけど、うん、そうだね」

朔の場違いな例えに笑ってしまう。しあわせの乗算だなんて初めて聞いた。

けれどひとりでも生きていける、息子がいればしあわせだと言い張っていた過去の自分に言い聞かせたい。

愛するひとと過ごす日々は、もっともっとしあわせに溢《あふ》れているよ、と。

あとがき

はじめましての方もそうでない方もごきげんようです、ささゆきです。

この度は蜜夢文庫さんの「年下御曹司は白衣の花嫁と秘密の息子を今度こそ逃さない」をお手にとっていただきありがとうございます。ちょっぴりヘタレな地方御曹司のサクくんと楽観的な性格のカウンセラーよしのさまとシークレットキッズ（ベビーではないのです）なトーヤが織り成す「再会、復縁、隠し子、結婚」のおはなし、どうか楽しんでいただけますように。

さて。本作は第14回らぶドロップス恋愛小説コンテスト受賞作になります。すでに第16回まで開催されているなか、今回蜜夢文庫さんで書籍化させていただく機会をいただけてとても嬉しいです。らぶドロップス版では蜂不二子先生がイラストを担当されましたが、こちらでは千影透子先生に担当していただきました。どちらのサクくんとよしのさまも素敵に描いていただき、アマチュア時代には味わえなかった喜びに浸っております。

受賞した一ヶ月後に妊娠発覚して出産と出版でご迷惑をおかけした新米作家をここまで導いてくださった関係者各位、家族にも多大なる感謝を。ありがとうございました！

今後も日常の中の非日常を読者さんにお届けできればこれ幸いです。

ささゆき細雪

原作小説も絶賛発売中！

〈あらすじ〉
「こんなきれいな身体なんだから自信を持っていい」。イベント企画会社で働く莉子は引っ込み思案で男性と交際したことがない。会社が主催する中国茶教室に参加して興味を持った莉子は、講師の響生に誘われ、彼が経営する茶葉店に通いはじめる。穏やかな人柄の響生に少しずつ心を開くようになった莉子だったが…。
西條六花原作「眼鏡男子のお気に入り 茶葉店店主の溺愛独占欲」のコミカライズ！ 甘くてビターな溺愛ストーリー♡

コミックス最新刊　絶賛発売中！

真面目すぎるイケメン書道家×失恋した処女の書店員
初心者同士のじれったい恋ときどき大胆で……♥♥♥

初心なカタブツ書道家は
奥手な彼女と恋に溺れる

山冨［漫画］／西條六花［原作］

〈あらすじ〉

婚約者だと思っていた幼馴染に裏切られた晴香は、彼を見返すため書道合コンに参加することに。そこで変な参加者にからまれて困っていたところを講師の書道家・瑛雪に救われる。仕事に対する姿勢も相まって憧れを抱き、合コンだけでなく正式に書道教室に申し込みをした晴香。ある日、教室の廊下で転んで事故でキスをしてしまう二人!! 謝罪する流れでうっかり"はじめて"だったと漏らした晴香に、彼からも驚きの告白がされて……!?

〈原作小説 絶賛発売中！〉

恋愛天国パラダイス

オトナ女子に癒しのひととき♪

胸きゅんWEBコミックマガジン!!

Kindleにてお求めください。

絶賛連載中!「少年魔王と夜の魔王 嫁き遅れ皇女は二人の夫を全力で愛す」「ひねくれ魔術師は今日もデレない　愛欲の呪いをかけられて」「処女ですが復讐のため上司に抱かれます！」「私を(身も心も) 捕まえたのは史上最強の悪魔Dr.でした」「溺愛蜜儀　神様にお仕えする巫女ですが、欲情した氏子総代と秘密の儀式をいたします！」「添い寝契約 年下の隣人は眠れぬ夜に私を抱く」

本書は、電子書籍レーベル「らぶドロップス」より発売された電子書籍『年下御曹司は白衣の花嫁と秘密の息子を今度こそ逃さない』を元に、加筆・修正したものです。

★著者・イラストレーターへのファンレターやプレゼントにつきまして★
著者・イラストレーターへのファンレターやプレゼントは、下記の住所にお送りください。いただいたお手紙やプレゼントは、できるだけ早く著作者にお送りしておりますが、状況によって時間が掛かる場合があります。生ものや賞味期限の短い食べ物をご送付いただきますと著者様にお届けできない場合がございますので、何卒ご理解ください。
送り先
〒160-0022　東京都新宿区新宿 1-36-2　新宿第七葉山ビル 3F
（株）パブリッシングリンク　蜜夢文庫 編集部
○○（著者・イラストレーターのお名前）様

年下御曹司は白衣の花嫁と秘密の息子を今度こそ逃さない
２０２４年１月１８日　初版第一刷発行

著……ささゆき細雪
画……千影透子
編集……株式会社パブリッシングリンク
ブックデザイン……おおの蛍
（ムシカゴグラフィクス）
本文ＤＴＰ……ＩＤＲ

発行人……後藤明信
発行……株式会社竹書房
〒102-0075　東京都千代田区三番町８－１
三番町東急ビル６Ｆ
email：info@takeshobo.co.jp
http://www.takeshobo.co.jp
印刷・製本……中央精版印刷株式会社